사파에서

〈K-픽션〉 시리즈는 한국문학의 젊은 상상력입니다. 최근 발표된 가장 우수하고 흥미로운 작품을 엄선하여 출간하는 〈K-픽션〉은 한국문학의 생생한 현장을 국내외 독자들과 실시간으로 공유하고자 기획되었습니다. 〈바이링궐 에디션 한국 대표 소설〉 시리즈를 통해 검증된 탁월한 번역진이 참여하여 원작의 재미와 품격을 최대한 살린 〈K-픽션〉 시리즈는 매 계절마다 새로운 작품을 선보입니다.

The K-Fiction Series represents the brightest of young imaginative voices in contemporary Korean fiction. This series spans a wide range of outstanding short stories selected by the editorial board of *ASIA* each season. These stories are then translated by professional Korean literature translators, all of whom take special care to convey the writers' original tones and nuances. We hope that these exceptional young Korean voices will delight all readers both here and abroad.

사파에서
Love in Sa Pa

방현석 | 채선이 옮김
Written by Bang Hyeon-seok
Translated by Sunnie Chae

ASIA
PUBLISHERS

차례
Contents

사파에서
Love in Sa Pa

"나야."

30분 전 그녀는 그렇게 말했다.

첫 번째 전화를 나는 여기 말로 받았다. 알로? 대답이 없었다. 알로? 분명 전화를 건 저편의 소음이 귓전을 울리는데 대답은 없었다. 그리고 뚝 전화가 끊어졌다. 휴대폰 화면에 찍힌 전화번호를 확인했다. 길고 낯선 번호였다. 비로소 나는 미세한 울림으로 귓전에 와 닿던 숨소리가 어딘가 익숙하다는 것을 느꼈다. 그리고 다음 순간 나를 휩싼 예감은 잠시 숨을 멎게 만들기에 충분했다. 두 번째 전화가 걸려왔다. 나는 우리말로 받았다. 여보세요? 역시 대답이 없었지만 나는 더 분명한 숨결을 느꼈다. 아니다. 내가 느낀 것은 숨결이

"It's me."

That's what she said thirty minutes ago.

I answered the first call in Vietnamese. A lô. No reply. A lô? I heard background noise through the receiver, but there was no reply. The caller hung up. The caller ID showed a string of numbers I didn't recognize. Only then did I discern a faint inkling of familiarity in the subtle breath reverberating in my ear. The dawning realization was enough to make me catch my breath. The second call rang. I answered in Korean. Hello? Still no reply, but the breathing grew stronger. Actually, no. It wasn't her breathing necessarily—it was more of a sweet ambiance. Hello? I answered again, but she hung

기보다 어떤 향기에 더 가까웠다. 여보세요? 다시 불렀지만 전화는 끊겼다. 세 번째 전화는 한참 사이를 둔 다음, 목젖까지 차올랐던 이름을 부르지 못한 것을 내가 후회하고 있을 참에 걸려왔다. 서둘러 터치스크린을 밀고 그녀의 이름을 부르려고 했다. 그러나 내가 미처 말을 꺼내기 전에 저쪽에서 먼저 입을 뗐다.

"나야."

예감은 틀리지 않았다. 숨소리만으로 자신을 기억할 것을 요구할 수 있는 사람은 세상에 그녀밖에 없었다. 그녀는 끝내 정민이라고 말하지 않았다. 나야, 그건 자신이 나에게 어떤 설명도 필요치 않은 존재여야 한다는 그녀의 완강한 표현법이었다.

"어디야?"

"공항."

"어디?"

"여기."

정민, 그녀가 왔다. 나는 알 수 없다. 이 여자를 어떻게 해야 하나. 아니다. 문제는 그녀가 아니라 나다. 나를 어떻게 해야 하나. 창밖으로 이정표가 지나간다. 공항 25km. 신도시건설 사업이 벌어지고 있는 들판을 가로질러 승용차는 거침없이 달린다. 모내기를 하는 들판의 한가한 풍경은 속도감을 증폭시킨다. 가인을 어깨에 걸친 농부들이 빠르게 다

up. The third call rang after a while just as I was re-proaching myself for not blurting out her name. I hur-ried to accept the call, sliding the touch screen and gearing myself to say her name. She spoke first, beating me to the draw.

"It's me."

My instincts were spot on. Only she would insist that I recognize her by a faint breath. She didn't bother to say "it's Jung-min." "It's me" was her stubborn way of asserting herself as the one person in my life who need-ed no other explanation.

"Where are you?" I asked in surprise.

"At the airport."

"Where?"

"Here."

Jung-min was here. This put me in a tough spot. What was I to do with her? No, wrong question. What was I to do with myself? Road signs passed by out the window. Twenty-five kilometers to the airport. The car drove on, racing past a field where a new urban devel-opment project was underway. The leisurely scene of farmers planting rice seedlings in the field added to my sense of speed. Farmers with baskets hanging from quang gánh shoulder poles sped closer and then fell be-hind. The bamboo poles bounced to their springing

가와서 뒤로 밀려난다. 뛰듯이 걸음을 옮길 때마다 왕대로 만든 가인은 어깨를 축으로 춤추듯 휘청거린다. 그녀와 나 사이의 거리는 이제 10km, 10분도 남아있지 않다. 그러나 나는 여전히 아무것도 알지 못한다. 거리가 줄어들고 시간 이 다가온다고 해서 해결될 일은 애초부터 없었다. 그녀와 나 사이에서 내가 무엇을 어떻게 해볼 수 있었던 적은 한 번 도 없었다. 처음 만났을 때도 그랬고, 20년 전에도 그랬으며 7년 전에도 그랬고, 조금 전에도 그랬다.

"뭘 그려?"

목을 빼서 내 스케치북을 들여다보던 아홉 살 여자애가 열한 살의 까까머리에게 물었다. 나는 바람에 흔들리는 여 자애의 그림자를 훔쳐보며 퉁명스럽게 대답했다.

"보면 모르나, 가스나야."

내 시선이 그림자와 이어진 여자애의 발로 옮겨갔다. 동 그스름하게 파인 발등위로 벨트가 붙은 까만 구두, 그 안에 앙증맞은 조그만 발이 담겨 있었다. 고개를 들지 않고 내가 볼 수 있었던 것은 하얀 스타킹을 신은 종아리까지였다. 스 타킹을 신은 애를 본 것은 처음이었다.

"진짜 같다."

입안에서 터지는 별사탕처럼 가을 햇살을 가르며 퍼지 는 그녀의 목소리에 나는 고개를 들고 말았다.

"얼굴이 왜 빨갛지?"

steps. She and I were now ten kilometers apart, less than a ten-minute drive away. I was still in a bind. The time and distance ticking down didn't do much to help—the problem never had a solution to begin with. When it came to Jung-min and me, I was utterly helpless. Such was my lot time and again: the first time we met, twenty years ago, seven years ago, and a little while ago.

"What are you drawing?"

She stretched her neck, peering into my sketchbook as she asked. She was a prim, nine-year-old girl and I was an eleven-year-old boy with roughly shaven hair. Stealing a glance at her shadow wafting in the wind, I gave a gruff reply.

"See for yourself, you wench."

My gaze traveled from her shadow to her shoes. On her small, dainty feet were a pair of Mary Janes fastened with a strap. With my head down, my eyes only reached as far as her white tights. I had never seen a girl wearing tights before.

"It looks real," she said.

Her voice rang out, mingling with the autumn sunlight like sugar crystals bursting into flavors. I couldn't help but look up.

"Why is your face so red?" she asked quizzically.

"원래 글타. 가스ㄴ......"

그녀와 눈빛이 마주친 나는 말을 멈추었고, 그녀에게 하려던 가스나라는 말은 영원히 미완의 단어로 남았다. 다시는 그녀를 가스나라고 부를 수 없었다.

"맛있겠다."

아홉 살의 정민은 그림 속의 홍시를 보며 침을 꼴깍 삼켰다. 바람이 하얀 목덜미의 짧은 움직임을 지우고 지나갔다. 물방울무늬의 원피스를 입은 여자애의 눈길이 내 스케치북에 그려진 감나무에서 우리 집 담장 밖으로 팔을 내민 감나무를 향했다. 쨍쨍하던 오후의 햇살을 한 순간에 바래게 만드는 눈빛이었다. 계집애의 머릿결을 살랑살랑 흔든 바람은 열한 살의 나를 아득하게 만들었다. 바람이 풀어헤친 그녀의 향기는 내가 키우던 토끼 한 쌍, 자귀새 한 마리는 물론이고 내가 그리던 꽃과 나무, 그 어떤 것의 향기와도 닮아 있지 않았다. 그녀의 눈빛과 향기는 내게 그해 늦가을 햇빛의 속삭임과 바람의 그림자로 기억되었다.

"먹고 싶다."

감나무 꼭대기 높이 매달린 하나 남은 홍시를 보고 그렇게 말하는 그녀의 눈빛을 나는 거역할 수 없었다.

정민은 입국장 밖에 서 있다. 알이 큰 검은 선글라스를 머리에 걸친 채 하늘을 쳐다보고 있는 그녀를 나는 멀리서도 알아볼 수 있었다. 방어적이면서도 도도하고, 어딘가 도

"It's always red, you w—"

I stopped myself as we made eye contact. The word wench dangled on my tongue, left incomplete. I could not bring myself to call her a wench again.

"Looks tasty."

Jung-min was smacking her lips at the sight of a ripe persimmon in my drawing. The wind brushed against the milky nape of her neck as she turned her head. She was decked out in a polka dot dress. Her eyes traveled from my sketch to the actual persimmon tree stretching its branch over the stone wall surrounding my home. As her eyes shined, the afternoon sunlight paled in comparison. The breeze fanning her hair put my eleven-year-old self into a reverie. Wafting in the breeze was a scent unlike any other—sweeter by far than my two pet bunnies, my cuckoo, and all the trees and flowers I had ever drawn. That sweet scent, along with her shining eyes, were thenceforth stamped in my mind as part and parcel of that late autumn scene, its glimmering sunlight, and lingering wind.

"I want to taste it."

Thus she declared, eyeing the last persimmon hanging high up in the tree. Seeing the sparkle in her eyes, I dared not disappoint her.

Jung-min stood waiting outside the Arrivals Hall. I

발적인 자태는 변함이 없다. 나와 눈이 마주친 그녀는 피식 웃는다. 약간 여윈 듯 해 보이는 뺨에 파이는 옅은 보조개가 어딜 가든 눈에 띄는 그녀의 외모를 더욱 도드라지게 만든다.

그녀의 체크무늬 원피스 옆에 서있는 연두색 여행가방의 손잡이를 뽑아드려는 나를 그녀가 불렀다.

"강석우."

"버릇없긴......"

가스나가, 그 말은 오늘도 입 밖으로 나오지 못했다. 임정민, 이 가스나는 내가 얼마나 많이 이 단어를 입안으로 삼켜야 했는지 알 리 없다.

"매너 없긴. 이런데서 만나면 한 번 안아줘야 하는 거 아냐?"

나는 여행가방의 손잡이를 쥔 채 어정쩡하게 그녀의 펼친 팔 안으로 상체를 기울인다. 내

왼뺨에 자신의 왼뺨을 부빈 다음 그녀는 내 오른뺨에 입맞춤을 한다. 가만히 있어도 도드라지는 그녀의 행동이 주변의 시선을 집중시켰지만 그런 것을 아랑곳할 정민이 아니었다.

"원래 얼굴이 붉었었지."

붉어진 내 얼굴을 보고 그녀는 깔깔 웃었다. 마을 입구에 있는 그녀의 집에 가까워지면 난 미리 단거리선수처럼 달렸

could spot her from a distance—she was gazing into the sky, her hair pushed back with large sunglasses. She still looked the same, defensive yet proud with her usual touch of defiance. She caught my eye and broke into a smile. The dimples in her slightly wan cheeks added to her looks. She was always a lovely sight to behold.

A lime green carry-on stood by her checkered skirt. As I reached to pull out the handle, she dispensed with formalities by blurting out my name.

"Kang Seok-woo."

"You've got no manners," I muttered.

You wench dangled on my tongue again. Im Jung-min—that wench of a girl—had no idea how often I swallowed those words.

"Manners, my foot. Shouldn't you at least give me a hug?"

She held out her arms for a hug, and I leaned in awkwardly while holding onto her carry-on. She rubbed her left cheek against mine. Then came a peck on my right cheek. Being the showstopper that she was, her effusive greeting drew all eyes on her. This didn't faze her in the least.

"Flushed as always," she observed.

She laughed as my face turned crimson. As a boy, I used to sprint down the road whenever I approached

다. 턱밑에 찬 숨을 간신히 고르고 빨갛게 상기된 얼굴을 한 채 나는 그녀의 집을 지나치곤 했다.

나는 여행가방을 끌고 앞장서 걷는다. 가방의 바퀴소리 사이로 뒤따르는 그녀의 하이힐 소리에 맞춰 내 심장이 뛴다. 오른쪽 뺨에 남은 그녀의 흔적을 지우려는 바람을 비켜 걸으며 나는 주차장으로 향했다.

"어떻게 왔어?"

"좀 쉬고 싶어."

20년 전에도 그녀는 이렇게 나를 찾아왔었다. 좀 쉬고 싶어.

그녀는 서울에 있는 대학으로 진학을 했고, 나는 가정형편도 공부도 신통하지 않은 아이들이 다니는 상고를 나왔다. 아버지의 바람이던 면서기조차 되지 못한 채 나는 농협의 영농계 서기가 되었다. 종묘와 비료, 농약을 취급하는 단순한 일이었다. 상고를 나왔다기보다 상고 미술부를 나온 나에게도 어려운 일이 아니었다. 농사도, 부기도, 행정도 몰라도 꼬박꼬박 월급을 받을 수 있는 자리가 영농계였다. 입고와 판매가 분주한 오전이 지나면 점심을 얻어먹고 창고정리를 했다. 비료와 농약 냄새가 진동을 하는 창고정리를 내켜하는 사람은 아무도 없었다. 한 시간 정도 땀을 뻘뻘 흘리며 창고정리를 도맡아하고 나면 떳떳이 밖으로 내뺄 수 있었다.

her house near the village entrance. Steadying my breath, I would then walk past her place looking flushed.

I walked ahead, pulling her carry-on behind me. My heart thumped to the click-clack of her heels that pierced the grinding noise of the carry-on. Doing my best to fend off the wind—it was rubbing away her kiss—I headed toward the parking lot.

"What brings you here?" I asked.

"I need a rest."

She turned up twenty years ago saying just that. "I need a rest."

Jung-min was studying at a college in Seoul. Having neither the well-heeled family nor the brains for that, I graduated from a vocational secondary school. I let my father down by failing to land a position as township office clerk. Instead, I found myself clerking at the National Agricultural Cooperative Federation (NACF). I handled routine tasks for supplying seeds, seedlings, fertilizers, and pesticides. Though I had actually studied art at my vocational school, the work was simple enough even for me. Agriculture was the one field where clerks could earn paychecks without the faintest knowledge of farming, bookkeeping, or administration. After a morning rush of incoming shipments and sales, I was served a

"씻고, 작황 둘러보고 오겠심더."

차마 영농지도란 말은 쓰지 못했다. 작황파악을 구실로 산으로 들로 나돌아 다니며 스케치북을 채우는 낙으로 지내던 나날이었다. 대학에 다니던 그녀가 찾아왔던 날도 다르지 않았다. 동천강 둑에 앉아 동대산 자락 아래로 펼쳐진 중보들판을 스케치북에 담아서 돌아오던 나를 그녀가 기다리고 있었다.

퇴근시간에 맞추기 위해 자전거 페달을 부지런히 밟으며 달려오는데 농협 쪽으로 꺾어지는 시장통 모퉁이에 그녀가 거짓말처럼 서 있었다. 청바지에 티셔츠를 입고 있었다. 그녀가 바지를 입은 모습을 처음 본 날이었다. 자전거를 돌려 그녀를 뒷자리에 태우고 동천강으로 나갔다. 이른 봄의 빈 들판을 가로질러 중보들판을 달리는 동안 내 온 신경은 허리에 집중되었다. 조심스럽게 내 허리를 잡은 그녀의 손길을 나는 온몸으로 느낄 수 있었다.

"쉬고 싶어."

은어를 쫓아 얕은 강물을 첨벙거리며 뛰어다니던 아이들이 백사장으로 나와 몸을 말리는 풍경을 지켜보던 그녀가 말했다. 바랜 청바지와 구김이 간 티셔츠보다 지친 얼굴이었다. 목소리만큼 생소한 그녀의 눈동자에 노을이 깃들고 있었다. 그녀가 운동권이 되었다는 소문을 들었을 때만큼 비현실적인 느낌이었다.

lunchtime meal. Then I would tidy up the warehouse, a place stinking of fertilizers and pesticides that the others were eager to avoid. An hour's worth of sweaty toil in the warehouse would give me the license to head outdoors.

"I'll go wash up and inspect the crops."

I couldn't bring myself to pretend I was heading out to advise farmers. Crop inspection served as my excuse for roaming around the hills and fields, filling my sketchbook with drawings. I was keeping up the routine when she turned up from college. I had been on the banks of the Dongcheongang River, sketching the rolling Jungbo Field that lay within view. She was waiting for me as I returned.

Riding back on a bicycle, I pedaled hard to reach the office before closing time. There she stood outside the village market where the road turned toward the NACF. She was dressed in a T-shirt and jeans. I had never seen her in trousers before. Once she climbed onto the back seat, I steered the bicycle back to the Dongcheongang River. As we sped across the farmland—still empty in early spring—toward Jungbo Field, I could sense her arms wrapped gently around my waist. I felt her fingertips with every nerve of my body.

"I need a rest."

"쉬었다가 가."

동천강 너머로 넘어가는 해를 바라보며 나는 대답했다. 우리가 타고 온 농협의 공무용 자전거가 수양버들 둥치에 기대 서 있던, 오후와 저녁 사이의 시간이었다. 농로를 따라 면소재지의 하숙집으로 돌아오던 저녁, 자전거 뒷자리에 앉은 그녀는 말없이 내 허리를 껴안고 등에 뺨을 기댔다. 빈 들판을 가로지르는 바람이 그녀의 머릿결을 흔들어 내 목덜미로 날려 보냈다. 그날, 그녀의 뺨과 머릿결의 촉감은 내 등과 목에 남아 지워지지 않는 기억의 일부가 되었다.

"와! 안어이 강."

차에서 내리는 정민을 본 투이 아주머니가 나를 향해 두 손을 펼쳐 보이며 감탄사를 터뜨린다. 내가 사는 집에 발을 들여놓은 첫 번째 여자여서 그녀가 그렇게 반색을 하며 우리를 맞이하지는 않았을 것이다. 정민에게는 아름다움이나 화려함이라는 말로는 부족한 어떤 것이 있었다. 방금 전까지만 해도 나뭇잎 하나 미동하지 않던 시들한 풍경을 흔들어 깨우는 바람과 같이 그녀는 언제나 주변의 분위기를 흔들며 사람들의 시선을 잡아끄는 존재였다. 그녀는 어디에서도 풍경에 섞이는 여자가 아니다. 한 폭의 그림에서 주변의 모든 것들을 배경으로 밀어내며 그녀만이 살아 도드라졌다. 나는 오늘도 그녀의 배경으로 밀려나는 풍경의 일부가 된다. 그러니까 나는, 나는……그녀에게 어울리는 한 쌍의 그

That's what she told me while watching the village children on the sandy banks—they were drying themselves after splashing for sweetfish in the river. Her face looked worn, more so than her faded jeans and rumpled T-shirt. The sunset left a glow in her strangely dispirited eyes, which jarred me as much as her voice. It all felt unreal, much like the rumors about her joining the anti-government student movement.

"Get some rest here."

I replied while watching the sun set beyond the river. The NACF-issued bicycle leaned against a weeping willow as we passed that fleeting moment between late afternoon and early evening. Once the evening deepened, we rode down the farm road to my boarding house in the township center. She held onto my waist along the way, leaning silently with her cheek pressed to my back. The wind swept across the empty field, brushing her hair against the nape of my neck. The touch of her cheek and hair lingered, leaving an indelible trace in my memory.

"Wow! Anh ơi, Kang."

The housekeeper Thuy threw her hands up in surprise as she saw Jung-min step out of the car. Granted, I had never brought a woman home before, but this alone didn't account for Thuy's enthusiastic welcome. It

림으로 존재하지 않는 것이다. 호텔이 싫다며 내가 사는 집으로 가자고 고집한 그녀에게 나는 침대가 있는 3층의 내 방을 내주었다.

그녀는 아주 당연하게 짐을 푼다. 긴 머리칼을 뒤로 둘둘 말아 올려 묶고는 소파 깊숙이 몸을 묻으며 기지개를 켜는 그녀의 동작은 오랜 여행을 다녀온 안주인처럼 당당하다.

"집이 좋다."

그녀는 쉬기 위해 수천 킬로미터를 날아왔고, 이제 막 쉴 참인 것이다. 나는 투이 아주머니에게 내 방의 욕실에 있는 세면도구들을 2층으로 옮겨달라고 말한다. 2층에는 쓴 적이 없는 게스트 룸과 바가 있었다.

"다시 그림을 그리는구나."

그녀의 이 한 마디는 예리하게 내 귓전을 파고들었다. 휴식이 필요해 보이는 그녀를 뒤로 하고 2층으로 내려가던 나는 그 자리에 얼어붙고 말았다. 화실은 3층 내 침실을 마주보고 있었다.

그리다 만 그림이 대부분인 화실을 둘러보는 그녀를 바라볼 수가 없었다. 나는 화실을 등지고, 침실에 풀어헤쳐둔 그녀의 짐을 정리한다. 그녀의 가방에서 빠져나온 옷과 파우치들을 서랍장 위에 보기 좋게 모양을 갖춰 배열해 놓는다. 언제부터 지켜보고 있었는지 방문턱에 기대선 그녀가 그런 내 모습을 말끄러미 바라보다 피식 웃는다. 쌍꺼풀 없

was Jung-min herself, who exuded an allure beyond mere beauty or glamor. She had the kind of magnetism that would shake her surroundings from slumber and alert them of her presence, like a gust of wind blowing through a languid landscape. Jung-min stood out wherever she went. She shone forth while everything else in the picture faded. Today, as always, I receded into the background. I . . . I could not hold my own in a picture to complement her. Since she insisted on going to my place instead of a hotel, I had to offer my third-floor bedroom—the only room with an actual bed—as a guest room.

She unpacked as if it were a matter of course. Twisting her hair into a bun, she sank into the sofa and stretched her arms. She behaved with the nonchalance of a lady returning to her house after a long sojourn abroad.

"Nice place," she observed.

Now she could rest, having flown several thousand kilometers for that purpose. I asked Thuy to move my toiletries from the third-floor bathroom to the second floor, which had an empty guest room and a bar.

"You're painting again."

Her words pierced my ears. I was about to head downstairs, leaving her to rest, but I froze on the spot

는 눈매에 장난기가 스쳐지나간다.

"방이 하나가 아니어서 다행이네."

청바지를 입고 찾아온 스물한 살의 그녀에게 하숙방을
내주고 나는 예비군 중대에 근무하는 방위병의 자취방 신세
를 지거나 여인숙에서 잤다. 그 때도 지금도 그녀에게서 어
색해하거나 미안해하는 기색은 조금도 엿볼 수 없다. 그녀
가 쉬고 싶어졌을 때 찾을 사람으로 나를 선택해주었다는
것만으로도 나는 그저 가슴이 벅찼다.

생각이 없다며 저녁을 거의 먹지 않은 그녀가 걱정되어
나는 묻는다.

"아프다더니 이제 다 나았어?"

"보시다시피 멀쩡해. 죽는 것도 쉽지 않아."

"고약하게 말한다……"

가스나가, 하는 말은 또 입 안으로 삼켜져야 했다. 그러
고 보니 약간 야위었을 뿐이라고 생각했던 그녀의 몸피가
유난히 길어 보인다. 실핏줄이 도드라져 보이는 팔목도 투
명하리만치 말갛다. 그녀의 눈이 나를 보고 웃고 있다. 내가
자신을 거역하지 못하리라는 것을 이미 알고 있는 눈. 자신
이 멀쩡하다고 말하는 것을 믿으라고 명령하는 눈. 하지만
그녀는 알고 있을까. 그녀가 아니라, 그녀의 그 확신에 찬 눈
웃음을 실망시킬 수가 없어서 내가 그녀에게 늘 이미 항복
하고 만다는 것을.

instead. There it was—my art studio facing the bed-room.

I couldn't face her as she looked around in the studio filled with mostly unfinished paintings. Standing with my back toward her, I tidied up her belongings strewn about in the bedroom. Gathering the clothes and lug-gage pouches that spilled out of her carry-on, I lined them up neatly on the drawer. Jung-min had returned to the doorway, turning her bemused eyes to me and breaking into a grin. A spark of mischief entered her al-mond-shaped eyes.

"I'm glad this isn't the only room," she said laughingly.

When she turned up in jeans as a twenty-one-year-old, she stayed at my boarding room while I slept else-where—either with members of the local Army Reserve or at cheap inns. Then and now, she never seemed sheepish or sorry. As for me, my heart was full just to be chosen as her refuge.

Having no appetite, she barely touched her supper.

"I heard you've been ill. Are you all better now?" I asked, concerned.

"I'm well, as you can see. Dying isn't easy."

"What a thing to say . . . ."

You wench, I swallowed down again. Her body had a willowy look, thinner than I had thought. The blood

"나 아프다고 누가 그래?"

"지난해 동창회 갔더니 그러대."

그녀는 지난해 가을의 동창회에 나오지 않았다. 그녀가 아프다는 이야기가 오갔지만 자세히 아는 사람은 없었다. 한 학년이 한 반 뿐이었던 초등학교의 총동창회에 그녀는 가끔 참석을 했다. 내가 여기에 온 다음에도 해마다 동창회에 맞춰 한국에 들어간 것은 그녀를 볼 수 있을지도 모른다는 기대 때문이었다.

"하노이에서 뭘 할 거야?"

"사파에 가야지!"

"언제?"

"내일."

나는 달력을 본다. 내일이 3월 27일, 수요일이다. 3년 전 동창회에서 내가 사파의 3월 27일을 얘기했을 때 그 자리에 앉은 거의 모든 사람이 탄성을 터뜨리며 꼭 한 번 오고 싶다고 했다. 그러나 어느 누구도 온 사람은 없었다. 사랑시장 얘기를 듣고 유일하게 아무런 반응을 보이지 않았던 정민이 지금 내 앞에서 내일, 3월 27일에 사파에 가겠다고 말하고 있다. 사파에 다녀오기 위해서는 최소 사흘이 필요하다. 그래, 가자. 처리해야 할 일과 잡혀있는 일정은 생각하지 않기로 한다.

전화로 기차표를 알아보았다. 사파로 가는 기차는 야간

vessels on her wrists stood out under her seemingly translucent skin. Her eyes were smiling at me with a knowing look—she knew I dared not contradict her. Her eyes ordered me to believe she was well. I wondered if she also knew it was not herself per se but her self-assured, smiling eyes that I could never let down.

"Who says I'm ill?" she asked.

"It's what they said at the reunion."

Jung-min didn't join the reunion last fall. There was talk of her being ill, but no one had any details. Every so often, she attended reunions for our elementary school, a small institution that, back in our day, had only one homeroom per grade. Even after moving to Vietnam, I visited Korea for those yearly get-togethers, hoping to catch a glimpse of her.

"What'll you do in Hanoi?" I asked.

"I'll go to Sa Pa," she replied cheerfully.

"When?"

"Tomorrow."

I checked the calendar. Tomorrow was Wednesday, March 27. At one of our reunions three years ago, I told my classmates about Sa Pa's love market that took place on that very date. Wowed by the story, most of them had wanted to pay a visit. No one actually came. Jung-min, on the other hand, had been the only one listening

에만 있었다. 오늘 기차는 이미 출발을 한 다음이었고, 내일 밤 기차를 타면 모래 아침에나 도착할 수 있었다.

아침 7시 30분, 집 앞에 지프가 도착했다. 건기의 끝인가. 흐린 하늘에선 이슬비가 내린다. 운전기사 빈은 한국가요를 틀어놓고 우리를 맞이한다. 사랑이 또 나를 울게 하네요……김범수의 노래가 구슬프게 이어졌고, 오후 1시를 넘길 무렵 우리는 라오까이성에 들어선다. 들판은 사라지고 구불구불한 산길만 하염없이 이어진다. 길가에 드문드문 있는 집 앞에는 팔기위해 내놓은 장작더미만 소복하다. 민가를 제외하면 눈에 뜨이는 집이라곤 목재소뿐이다. 아무리 달려도 신호를 만날 수 없고, 마주 오는 차도 드문 도로에서 우리의 차를 멈춰 세우는 것은 태평스럽게 길을 가로지르는 개와 소가 전부다. 길 좌우의 비탈을 따라 이어지는 차밭의 풍경마저 지루해지던 참에 우리의 앞길을 가로막는 것은 어이없게도 닭들이다. 녀석들은 경적을 울려도 놀라지 않고 늠름한 보폭으로 도로를 가로지른다. 운전대를 잡은 민은 느긋하게 닭들의 횡단을 기다린다.

"그놈들 참 늠름하네."

유유자적하게 도로를 횡단하는 닭들을 바라보며 그녀는 풋풋 웃는다.

"백숙 한 그릇 하고 갈까?"

어제 저녁부터 거의 먹은 것이 없는 그녀는 대답이 없다.

impassively. Now she was determined to visit Sa Pa on March 27. A roundtrip to Sa Pa took at least three days. But sure, we could go. I decided to forget about work and previous engagements.

I checked the train schedule by phone. The only train to Sa Pa was an overnight train. Today's train had already left—tomorrow's train wouldn't reach Sa Pa until the morning after.

At seven thirty the next morning, our hired jeep arrived outside the house. The dry season was apparently winding down. The overcast sky let down a drizzle. The driver Binh greeted us with K-pop playing in the jeep. It was Kim Bum-soo's plaintive voice singing, "Love is making me cry again . . . ." We arrived in Lao Cai past one o'clock in the afternoon. The fields had vanished by then, giving way to the winding mountain road. Every now and then, we passed by a roadside house with firewood stacked outside for sale. A lone timber mill stood among those homes. The road stretched on without a single traffic light; with hardly any cars coming the opposite way, only the dogs and cows halted our jeep as they plodded across the lanes. The steep valleys flanking the road were starting to grow monotonous when, much to our bemusement, we found a flock of chickens blocking our way. Unfazed by the honking,

마침 길가에 매달린 허술한 간판이 내 눈에 들어온다. 티엣투이 휴게소. 오후 2시가 가까운 시간이었다.

손님은 물론, 주인마저 보이지 않는 휴게소에 차를 세웠다. 휴게소 뒤로 흐르는 개울에서 빨래를 하던 주인여자는 어렵지 않게 늠름한 닭 두 마리를 잡아왔다. 소금과 마늘만 넣고 삶아달라고 특별 주문을 했다. 그녀가 오늘 아침에도 흉내만 몇 번 내다가 수저를 내려놓은 이유가 베트남 음식에 빠지지 않는 향차이 냄새 때문일 것이라고 나는 짐작했다.

노란 국물과 함께 백숙이 나온다. 다리를 하나씩 나누어 들었는데 육질이 일품이다. 시장했던지 그녀도 다리 하나를 거의 다 먹었다. 라오까이 맥주를 두어 모금 홀짝이며 입가심을 한 그녀는 나른한 눈으로 나를 바라보았다.

"내가 이 닭 잡자고 하지 않았어."

"그럼, 그래도 닭이 감나무 꼭대기에 매달려 있진 않아서 다행이네."

맛있겠다. 감나무 꼭대기에 매달린 하나 남은 홍시를 바라보며 아홉 살의 그녀는 눈을 빛냈다. 저건 까치밥이야. 까치를 위해서 일부러 남겨둔 거야. 내가 그렇게 말했지만 그녀는 듣지 않았다. 내가 먹고 싶다고, 내가 먹고 싶다니깐.

부러진 가지와 함께 내가 그 감나무에서 떨어졌을 때 그녀는 입을 앙다물고 말했다. 내가 따달라고 하지 않았어. 그

they strutted their way across the road. Binh, sitting at the wheel, waited for them in no particular hurry.

"Those are some stately fowls," Jung-min mused.

She chuckled at their devil-may-care attitude.

"Why don't we stop for some chicken soup?" I asked.

She had barely eaten since the evening before, but she didn't answer. I noticed a run-down sign by the road: Thiet Thuy Service Area. It was nearly two o' clock.

We parked at the service area that was empty of customers and even empty of its owner. The woman in charge—who had been washing laundry in a creek flowing behind the establishment—butchered two of the stately fowls without batting an eye. I asked her to boil them with salt and garlic only. Jung-min had pushed food around her plate at breakfast, and I now blamed the smell of coriander leaves.

The chicken was served in a rich, yellow broth. We each took hold of a drumstick—the tender meat fell off the bone. Having worked up an appetite, Jung-min managed to eat most of it. She finished with a few sips of Lao Cai beer and gazed at me looking relaxed.

"I never asked to get them butchered," she teased.

"No, indeed. Good thing they weren't perched on a persimmon tree."

랐다. 그녀는 까치밥을 따달라고 말한 적이 없었다. 20년 전에도 그녀는 숨겨달라고 한 적이 없었다. 다만, 쉬고 싶다고 했을 뿐이었다.

라오까이역에 도착한 것은 4시 25분이었다. 초행인 기사 빈이 역전에서 길을 묻는다. 라오까이의 주도로인데도 우웬 훼 거리는 한적하다. 주유소 앞 로터리에 사파로 가는 이정 표가 서 있다. 10분쯤 달렸을까. 산으로 접어들며 도로의 폭이 줄어들었다. 사파로 올라가는 굽이굽이 산길에서 나무등 짐을 맨 아이들이 노을을 등지고 내려오며 손을 흔든다. 지 프는 가쁜 숨을 몰아쉬며 언덕길을 차고 올라간다. 건너편 산중턱에 장식처럼 박힌 작은 집과 도로아래 언덕에 붙어있 는 앙증맞은 초등학교는 저녁의 산그늘에 잠겨가고 있다.

"저 학교구나."

나는 놀란다. 그리다 말고 3층 화실에 방치해둔 그림의 실물을 그녀는 스쳐가는 풍경 속에서 놓치지 않고 찾아냈 다.

"왜 마저 그리지 않았어?"

".......

"인물은 왜 죄다 그리다 말아? 내가 모델 한 번 되 줄까? 모델료는 안 받아도 되는데. 어때?"

미친 가스나, 라는 고함이 터져 나오려는 걸 나는 간신히 참았다. 하얗게 질린 내 얼굴을 보며 그녀는 비웃음인지 실

"Looks tasty," she said as a nine-year-old. Her eyes sparkled at the sight of one last persimmon hanging from the treetop. "It's left there on purpose for the magpies," I explained. This fell on deaf ears. "I want to taste it," she insisted.

When I fell from the tree, branch and all, she primmed her lips. "I never asked you to pluck it," she said. No, indeed. She never asked me to pluck it from the tree. The same was true twenty years ago. She never asked me to hide her. She simply said she needed a rest.

We arrived at Lao Cai station at a quarter past four. Being a stranger in the town, Binh stopped at the station for directions. Things were quiet on Nguyen Hue Street, the main thoroughfare. At a traffic circle by the gas station, we saw a road sign pointing travelers to Sa Pa. We drove on for another ten minutes or so. The road narrowed as it twisted and turned into the mountains. Children were carrying bundles of firewood on their backs, waving at us as they climbed down away from the sunset. The jeep chugged its way uphill. The dusk settled in, shrouding the houses studding an overlooking hill along with a cozy elementary school further downhill.

"There's that school."

소인지 알 수 없는 웃음을 터트린다. 나는 반대편 창밖으로 시선을 돌려 버린다. 그녀가 뭘 알고 하는 말인지, 그냥 툭 던져본 말인지 알 수 없어 혼란스럽다. 나는 그녀를 다시 쳐다볼 엄두가 나지 않는데, 콧노래를 흥얼거리기 시작한 그녀는 심지어 명랑해보이기까지 한다.

하노이에 와서 다시 붓을 잡았지만 그림이 인물에 이르면 나는 번번이 뒤로 물러서고 말았다. 그녀는 보았을까. 내가 20년 전에 그렸던 그녀와 그녀의 연인을.

그해 봄, 서울에서 내려온 수사관들과 나는 울산의 분실에서 일주일을 보냈다. 나에게는 일생보다 긴 시간이었다. 그들의 입을 통해 나는 그녀가 가입했다는 '노동해방'이란 말로 시작되는 거창한 조직의 이름을 처음 들었다. 나는 그녀가 어떤 노동을 해본 적이 있는지 알지 못했다. 어떤 노동도 해본 적이 없는 그녀에게 해방되어야 할 어떤 억압이 있었는지는 더욱 알 수 없었다. 그렇지만 울산지역의 공단노동자와 농민, 학생의 연대조직인 노농학생동맹의 조직책으로 파견되어온 것이 그녀고, 내가 농의 총책으로 그려진 도표는 하루하루 가지를 쳤다. 내가 버틴 것은 고작 이틀이었다. 그것도 무엇을 알아서가 아니라 그들의 말이 너무나 비현실적으로 들렸기 때문이었다. 사흘째부터는 욕조에 물 받는 소리만 들려도 나는 그들에게 필요한 것이 무엇인지를 먼저 서둘러 물었다. 내가 이름도 들어본 적이 없던 조직에

Jung-min surprised me by pointing it out. As the land-scape sped by, she managed to recognize the school from one of the unfinished paintings in my studio.

"Why didn't you finish it?"

I gave no reply.

"Why do you leave all the figures unfinished? You want me to sit as your model? I'll do it for free. What do you say?"

You mad wench, I swallowed down instead of holler-ing. Eyeing my ashen face, she burst into a mocking, or perhaps mirthful, laughter. I looked away, gazing out the window. I felt confused, unsure whether it was a knowing remark or just a light-hearted quip. I couldn't muster the courage to glance back at her, but she began humming, apparently in good spirits.

Although I was painting again in Hanoi, human fig-ures halted me in my tracks. I wondered if she ever saw it twenty years ago—my painting of her with her boy-friend.

In the spring of that year, investigators from Seoul held me in custody for a week at a government an-nex—an interrogation chamber—in Ulsan. The week felt longer than my entire life leading up to that mo-ment. I learned from those investigators about the grandly titled activist movement (its lengthy name began

맹원으로 가입하고, 들판에서 일하는 사람들을 그린 내 그림이 농민해방을 선동하기 위한 것이었다거나 자동차공장에 다니는 아들의 작업복을 입은 농부는 노농동맹의 상징이라거나 하는 따위는 어떻게 되어도 상관없었다. 내가 견딜 수 없었던 것은 다른 것들이었다.

"몇 번 했어?"

"뭐로요?"

"임정민이랑 몇 번 했냐고, 임마."

"없심더."

그것을 부인하는 것은 내가 노농동맹을 만들 목적을 가지고 계획적으로 농협에 침투했다는 것을 부인하는 일보다 어려웠다. 내 하숙방에서 압수해온 그림과 화구들을 펼쳐놓고 그들이 요구하는 대로 죽창을 든 농민은 그렸지만 내가 장난삼아 그려두었던 음란한 누드화의 얼굴을 그녀로 바꾸어 그릴 수는 없었다. 물감을 다 뒤집어엎고, 또 죽도록 맞았다.

그리고 나는 그녀를 찾아왔던 선배의 얼굴을 그려주고 버텼다. 그리고도, 끝내는 그녀를 음란한 누드화의 주인공으로 만들고야 말았다. 그것으로만 끝났어도 나는 견딜 수 있었을지 모른다. 그녀와 그녀의 선배를 한 화폭에 그려 넣도록 만든 그들은, 그림을 앞에 두고 나를 비웃었다. 야, 처용이 따로 없네. 역시 처용이 살았던 땅이라 달라.

with the words "labor liberation") that Jung-min had joined. Whether she had any experience of labor, I knew not. Whether she needed liberation from any type of oppression, I knew even less. Yet the allegations grew as the interrogation continued. The organizational chart expanded day by day: Jung-min was supposedly dispatched to organize the Alliance of Workers, Farmers, and Students, a local solidarity movement recruiting Ulsan's factory workers, farmhands, and students, whereas I oversaw the farmers' division. Two days of torture were enough to break me. Not that knew anything at all—I thought they were the most fanciful charges imaginable. By the third day, the mere sound of water filling a tub prompted me to ask what they needed. It didn't matter that I was now a member of an organization I had never heard of, that I allegedly painted farmhands to stir a liberation movement, or that a farmer supposedly wore his son's factory uniform as a sign of worker-farmer solidarity. To me, other things mattered more.

"How many times did you do it?" they asked.

"Do what?"

"With Im Jung-min. How many times?"

"I never did it."

This cost me more than saying I didn't penetrate the

그녀는 창밖으로 목을 내밀어 흙먼지 속으로 멀어지는 초등학교를 돌아보며 수학여행 온 여학생처럼 손을 흔든다. 나는 흩날리는 그녀의 머릿결에서 흰 새치를 본다. 사파로 올라가는 내내 계단식 논과 밭이 이어진다. 솜씨 좋은 횟집 주방장이 칼로 저며 놓은 것처럼 논은 하늘을 향해 한 계단 한 계단 층층이 위로 올라가고, 그 논밭들 사이를 비집고 우리를 태운 지프는 맹수처럼 으르렁거리며 하늘로 육박해간다.

한 대학생의 죽음이 세상을 뒤흔들면서 나는 풀려났지만 더러운 손으로 다시 붓을 잡을 수는 없었다. 남은 그림과 화구들을 다 불태워버렸다. 농협으로 돌아왔지만 농사 업무를 담당하는 일을 더는 할 수 없었다. 기관의 압력 때문도, 언제 다시 찾아올지 모르는 기관원이 무서워서도 아니었다.

"보소, 젊은 서기."

농촌지도소의 만년 주사 박씨가 나를 찾아온 것은 내가 농협에 다시 출근한 지 사흘째 되던 점심 무렵이었다. 그의 오른쪽 어깨에는 아침에 내가 판 신품종 볍씨 자루가 얹혀 있었다.

"우짜자고 볍씨를 이래 팔았뿄는교?"

오십줄의 박주사는 내가 명색이 서기라고 말을 올렸다.

"와요?"

"윤영출씨가 어느 마실 사람인지 모리는교?"

NACF to launch a worker-farmer alliance. Having confiscated my art supplies and paintings, the investigators laid them out and forced me to paint farmers armed with bamboo spears. But I refused to add Jung-min's face to an erotic nude I had once drawn for fun. I swept the painting supplies away and got beaten half to death.

I gave in partially by painting the face of Jung-min's upperclassman who had paid her a visit; then I held out a while longer. Eventually, I turned her into the model of that nude. That wasn't the end of it—what followed made the whole affair unbearable. They forced me to draw Jung-min and the upperclassman together in a painting. Taunting me in front of it, they jeered, "Now he's a cuckold like the legendary Cheoyong.[1] Cheoyong made this province the land of cuckolds after all."

Jung-min peered out the window like a young girl on a field trip, waving at the school building as it faded away into clouds of dust. I spotted a gray strand in her hair blowing in the wind. All along the way, we were surrounded by terraced rice fields. They climbed heavenward step by step, beautifully carved as if by a master sushi chef. Carrying us on its back, the jeep meandered through those fields and growled uphill.

1　An allusion to the tale of Cheoyong found in "Cheoyongga" ("Song of Cheoyong"), composed during the Silla era.

"암더, 이화에 안 사는교. 와요?"

"그라머 그 사람이 논이 어디 붙었는지 알고 이걸 팔았는교?"

대답을 하지 못하는 나를 향해 늙은 주사는 입맛을 쩝쩝 다셨다.

"그 사람 논은 다 찬물 나는 훼양골에 있는데, 찬물 나는 논에는 쥐약인 이 신품종을 주머 우짜는교?"

"줄라카이까 줬지요."

늙은 주사는 한동안 말없이 나를 바라보다가 힘없이 내 앞에 볍씨 자루를 내려놓았다.

"이거 뜯기만 한 거 도로 들고 왔인까네, 아끼바리로 바꽈주소."

허깨비처럼 앉아있는 나대신 과장이 창고에서 아끼바리 볍씨 한 자루를 꺼내왔다. 볍씨 자루를 받아 메고 돌아서려던 박주사가 나를 바라봤다.

"젊은 서기. 단디하소. 이 볍씨 한 자리에 그 집 한 해 농사, 일곱 공기의 목구멍이 달리 있다는 거 생각커 보소. 나무꺼 도디키묵는 거만 도둑질이겠나. 펜 대 굴리며 농민들 땀 절은 주미에서 나온 돈으로 월급 받으면서 농사짓는 사람들 허리 공구는 일을 하머 그기 뭐가 되겠노."

박주사는 더 이상 나에게 말을 올리지 않았다. 나는 허깨비처럼 앉아 유리문 밖으로 멀어지는 그의 뒷모습을 지켜보

I was released when the torture death of a college student sent shock waves through the world. I couldn't carry on painting with sullied hands. I burned all my paintings and supplies. Although I returned to the NACF, I couldn't carry on as an agricultural clerk either. This had nothing to do with pressure from the KCIA or any fear of their investigators.

"Look here, young clerk," said Senior Manager Park.

The senior manager from the Agricultural Advisory Office stopped by around lunchtime on my third day back in the office. A sack of rice seeds—the new variety I had sold that morning—hung over his shoulder.

"You shouldn't have sold these seeds."

Though well into his fifties, he used the honorific form of "you" to address me as the clerk.

"Why not?" I replied.

"Don't you know where Mr. Yoon lives?"

"Sure, I do. He lives in Ihwa Village. Why do you ask?"

"Did you sell these knowing where his rice field is?"

As I fell silent, he clicked his tongue in disapproval.

"His rice field lies in Hweyanggol Valley, where the water is cold. This new variety is poison to a cold-water paddy. How could you sell it to him?"

"He asked for it."

The elderly man stared at me without a word. He

43

왔다. 뜻도 모른 채 분실의 바닥에 엎드려 농민해방 깃발을 그리고 나온 나를 도둑이라고 한 그의 어깨에 얹힌 볍씨 자루와 구부정한 등이 내 눈에 박혔다.

논에서 돌아오는 농부들이 길가로 소를 몰아 우리에게 길을 내준다. 농부들이 등에 진 짐을 바라보며 나는 박주사를 처진 어깨를 떠올린다. 농사철이면, 이른 새벽, 농부들보다 먼저 일어나 들판을 휘둘러보고 바짓가랑이에 이슬 두 말[1]은 묻혀 출근을 하는 사람이 그였다. 마른 볏잎을 손에 쥐고 나보다 먼저 농약창고 앞에서 기다리는 사람도 그였다. 하얗게 탄 볏 잎 끊어다가 내게 쥐어주며 이거 갖고 오는 사람은 멸구 약 주고, 다른 비슷한 볏 잎을 보여주며 이거 갖고 오는 사람은 물바구미 약 주라고 일러주는 사람도 그였다. 구별이 되지 않아 고개를 갸웃거리는 내게 물바구미는 원지들판에만 들었으니 원지에서 왔다는 사람이 아니면 무조건 멸구약을 주라고 일러주던 그는 이제 세상을 떠나고 없다. 그의 부음을 전해들은 지난해 겨울 나는 하노이에서 술을 마시며 홀로 외로웠다.

차마 도둑놈이 될 수는 없어 낸 나의 사표는 전보발령이 되어 돌아왔다. 영농계에서 융자계로 전보였다. 내가 그때 융자계로 옮기지 않았다면 그녀와의 인연은 거기에서 끝이 났을까.

1   김형수 시 [이슬 두 말]

44

lowered the sack weakly, setting it down in front of me.

"It's opened but unused. Give him the Chujeong variety instead."

I sat there like a ghost while another manager brought a sack of Chujeong rice seeds from the warehouse. Slinging it over his shoulder, Senior Manager Park was about to leave when he turned back to me.

"You'd better straighten up, young clerk. This sack puts a lot at stake for his family—a whole year's harvest for keeping seven mouths fed. Thieving isn't all about stealing, is it? As for breaking these farmers' backs when their sweat-laden tax money pays your salary—what else could it be?"

The honorifics were gone from his speech. Sitting ghost-like in my chair, I gazed out the window at his vanishing form. It became a lasting image lodged in my mind: the man who, days after my release from an interrogation chamber where I had drawn banners for a supposed farmers' liberation movement, called me a thief, carrying a sack of seeds over his bowed back.

The farmers returning home from the fields made way for us by driving their cows aside. The bundles on their backs reminded me of Senior Manager Park's drooping shoulders. Once the farming season began, he would rise at the crack of dawn even before the

"나야."

"어디야?"

세월을 뚝 잘라먹으며 전화기 너머로 들려오는 그녀의
첫 마디는 그 때도 '나야'였다. 나는 그녀가 그렇게 불쑥 내
일상을 조각낼 것을 예상이라도 하고 있었다는 듯 아무렇지
도 않게 그녀의 소재를 물었다. 혹시라도 그녀를 볼 수 있을
지 모른다는 기대가 앞섰지만 그녀는 다른 도시에서, 다른
남자의 아내로 살아가고 있었다. 그녀는 더 이상 쉬러 올 수
없었다.

"남편이 찾아갈 거야."

일곱 해 전, 그녀 명의의 과수원을 담보로 한 대출 서류를
올린 건 나였다. 그녀의 부모로부터 물려받은 과수원의 감
정가가 부풀려진 것을 모르지 않았다. 승승장구한다는 소문
이 들리던 그녀의 남편이 내민 서류를 되밀 수 없었던 나는
자의 반 타의 반으로 해외사업단으로 옮겼고, 울산을 떠나
베트남까지 왔다. 내가 대출 서류를 되밀지 않았던 것은 그
녀의 전화 때문이 아니라 내가 그렇게 하리라는 그녀의 믿
음을 깨뜨릴 수 없었기 때문이라는 걸 그녀는 알았을까. 무
엇을 어떻게 해달라고 말한 건 없었으니까 그녀가 미안해할
일은 없었다. 그런데도 베트남으로 떠나올 땐 조금 서운한
마음이 들었던 것도 같다. 전화 한 통 정도는 해줄 수도 있었
으련만.

farmers, inspecting their fields before arriving at work with two buckets' worth of dew clinging to his trouser legs.[2] He would be waiting for me outside the pesticide warehouse with withered rice leaves clutched in his hand. Giving me ashen rice leaves, he'd say farmers who brought those needed green leafhopper pesticides; showing me similar leaves, he'd say those ones were blighted by rice water weevils. As I was unable to tell them apart, he explained that only Wonji Field had weevils; the farmers needed green leafhopper pesticides unless they came from Wonji. The man who gave me these instructions was now dead and gone. I had a lonely drink in Hanoi when the news of his passing reached me last winter.

Unwilling to live as a thief, I submitted a resignation letter only to receive a transfer notice in return. I went from the agricultural office to the loan office. Had it not been for the transfer, I might not have heard from Jungmin again.

"It's me."

"Where are you?"

Then as now, she broke the ice of several years by announcing "it's me." I simply asked where she was as if

2   An allusion to Kim Hyeongsoo's poem "Two Buckets' Worth of Morning Dew."

예약해둔 쩌우롱 사파호텔에 여장을 푼 나는 로비에서 그녀가 내려오기를 기다린다. 사파 시장 아래에 있는 쩌우롱 사파는 사파에서 가장 오래된 호텔이지만 깔끔하고 운치가 있다. 무엇보다 브엉호아 방향의 계곡이 한눈에 내려다보이는 바깥 전경은 언제보아도 매혹적이다. 무료로 내주는 차를 손에 들고 그녀가 내려올 계단을 지켜보고 있는데 누군가 뒤에서 내 어깨를 친다. 그녀다. 어느새 원색 자수가 놓인 흐멍족의 전통의상을 사 입은 그녀는 환하게 웃으며 한 바퀴 빙글 돌아 보인다.

"괜찮아?"

"멋져."

"그럼 가."

사파의 밤은 서늘하다. 긴 팔 옷을 꺼입고 나왔는데도 그렇다. 성당을 거쳐 시장으로 이어지는 경사진 길에는 길게 노점이 펼쳐져 있다. 음식을 익히고 굽는 숯불연기가 모락모락 피어나는 좌판에는 제각기 다른 음식이 놓여있지만 술과 꼬치고기, 대나무밥은 어느 집에나 있는 필수 품목이다.

밀주를 파는 노점의 젊은 아가씨가 나를 향해 노래를 던진다.

"멀리서 온 그대, 구름보다 높은 산이 있는 마을에서 오셨나요, 샘물이 솟아오르는 깊은 계곡이 있는 마을에서 오셨나요?"

I'd known she would shatter my life out of the blue. I began hoping I might see her again, but she had settled down in another city as the wife of another man. She couldn't come to rest anymore.

"My husband will be stopping by," she told me.

I processed their collateral loan seven years ago, securing it with an orchard owned in her name. I knew the orchard she inherited from her parents was deliberately overvalued. But when her husband—a successful man by all accounts—handed me the paperwork, I couldn't reject it out of hand. A transfer, both voluntary and necessary, followed the incident. I began working in the overseas business division, leaving Ulsan for Vietnam. I wondered if she knew—it wasn't her phone call that kept me from rejecting their paperwork. Rather, it was my unwillingness to shatter her belief that I would do as she wished. She had no need to apologize since she never asked for the favor. Even so, I felt rather disappointed on my way to Vietnam. She could've at least given me a call.

Once we arrived at the Chau Long Sa Pa Hotel I booked in advance, I set my bags down in my room and waited for Jung-min in the lobby. Located a short way down the Sa Pa Market, Chau Long offered pristine, picturesque rooms despite being the oldest hotel

자오족임을 표시하는 문양의 모자를 쓴 젊은 아가씨가 던지는 노래는 사랑시장에서 주고받는 노래의 첫 구절이었다.

"아름다운 그대, 제 마을은 아주 멀어요. 해가 아홉 번 뜰 때까지 가야 하지요. 달이 열 번 질 때까지 가야 하지요."

나는 아가씨의 노래를 받으며 앉은뱅이 의자에 앉는다. 뜻밖의 화답에 깜짝 놀라며 아가씨는 나에게 일본인이냐고 묻는다. 나는 고개를 저으며 더 먼 나라, 해가 아흔아홉 번 뜰 때까지 가야하고 달이 백 번 질 때까지 가야 하는 나라 한국에서 왔다고 대답한다.

"멀지 않아라, 내 사랑의 노래가 건너지 못할 계곡 없어라."

내게 술병을 내주며 자오족 아가씨는 노래를 이었다.

"멀지 않아라. 내 그리움의 노래가 넘지 못할 산은 없어라."

내 화답에, 아가씨는 내 옆에 앉은 정민에게 술잔을 내밀며 낭창낭창 노래를 이어간다.

"내 사랑이 오는 시장은 밤이 깊어서야 열리지요. 그대 여기 내 술 한 잔 받아요."

누룩을 발효시켜 만든 사파의 전통주 지오넵의 향기는 감미롭다. 도수가 만만치 않은 술인데도 혀에 착 감긴다. 주저하던 정민도 내가 마시는 것을 보고는 잔을 비운다. 밥은

in the area. Its view overlooking the Muong Hoa Valley was as enchanting as always. I had my eyes on the staircase with a cup of tea in my hands when I felt someone tapping on my shoulder. It was Jung-min, who had already bought and changed into a colorfully embroidered Hmong dress. She spun around with a broad grin.

"Do I look okay?" she asked.

"You look great."

"Let's go then."

The nighttime was cold in Sa Pa. Street stalls lined the road leading from the cathedral to the market. Cooking and grilling over charcoal, the vendors displayed their food amid the wafts of smoke. Each stall offered different choices, but they all had liquor, skewered meat, and rice in bamboo.

At a stall selling homemade rice wine, a young lady began singing to me.

"Traveler from afar, did you leave a mountain towering over the clouds? Or a deep valley with surging springs?"

Those were the first lines of the love market's ballad, sung as a call and response. The singer was a Dao lady, wearing the distinctly adorned headdress of her people.

"Lovely maiden, my village is far away. The sun must

대나무 안에 들어 있다. 대나무 통을 쪼개서 그 안에 익어 있는 찰밥을 꺼내 우리는 술안주로 삼는다. 하이네켄도 아니고 하노이 맥주도 아닌, 라오까이 맥주조차 아닌 지오넵을 한 입에 털어넣는 이방인을 발견한 악사가 우리 앞에 멈춰 선다. 노점을 순례하는 거리의 악사는 자신의 성을 벙이라고 소개한다. 흐멍족이었다. 기타 모양의 전통악기 당응윗을 든 악사의 옆에 붙어 서 있는 아홉 살 소년은 그의 아들이었다. 악사가 당응윗을 치는 사이사이로 소년은 대나무로 만든 실로폰, 단트롱을 두드린다. 우리를 위해 정열적인 사랑 노래를 연주하는 소년의 앙증맞은 손을 경이롭게 바라보는 정민의 눈빛에서 아홉 살의 그녀를 본다.

우리를 좀 슬프게 해주세요. 흐멍족인 그는 신통치 않은 내 베트남어 발음을 잘 알아듣지 못한다. 단버우를 들려달라구요. 내가 그렇게 말하자 그는 비로소 당응윗을 내려놓고 어깨에 매고 있던 일현금을 벗어든다.

"난 당신의 딸을 책임지지 못해요."

그는 내게 딸을 버리려면 단버우를 들려주라는 베트남 속담을 환기시켰다. 단 한 줄의 여율로 마음을 빼앗아가는 악기가 단버우였기 때문이다.

"걱정 마세요. 이 여인은 내 딸이 아니라오."

악사의 떨리는 손끝에서 울려나오는 단버우의 간절한 선율과 소년이 치는 단트롱의 청아한 음향에 정민의 시선은

rise nine times, and the moon must set ten times before I reach it."

I sang the next phrase while settling into a low chair. Surprised by the response, the lady asked if I was Japanese. Shaking my head, I told her I had traveled even farther—that the sun must rise ninety-nine times, and the moon must set a hundred times before I reach Korea.

"Be not far off. My song of love shall cross all valleys," she sang, setting down a bottle of rice wine.

"Be not far off. My song of longing shall cross all mountains," I sang in response.

She handed Jung-min a glass while carrying on with the tune.

"My love will arrive at a market held in the dark of night. Here, take a glass of my wine."

It was the sweetly fragrant ruou nep, Sa Pa's time-honored rice wine. The potent drink slid smoothly down my throat. Though hesitant at first, Jung-min downed her glass after watching me savor it. Rice was served in bamboo tubes. We split them open, eating the sticky rice inside as a side dish for the wine. The rare sight of foreigners downing the local moonshine—forgoing the typical choices of Heineken, Hanoi, and Lao Cai beer—made a musician stop before us. This street

남폿불처럼 흔들린다. 밤은 짧고 낮은 길어 우리 만남은 이토록 짧고 이별은 또 저토록 길어라. 그래도 오지 않는 밤은 없어라. 악사 부자의 연주를 타고 흐르는 주인 아가씨의 노래가 제목처럼 애달프다. 긴 이별 짧은 만남, 노래를 듣는 정민의 눈빛 아득하다.

부자 악사에게 대통밥을 시켜주었다. 아버지에게는 술 한 잔을, 아이에게는 콜라와 꼬치 한 줄을 추가했다.

프랑스 맥주 크로넨버그 1664 블랑을 홀짝거리며 우리를 흥미로운 눈길로 지켜보고 있던 옆 자리의 프랑스인 남자가 나에게 묻는다.

"당신들도 일 년 만에 만나는 연인인가?"

나는 고개를 돌려 정민에게 대답을 미룬다.

"우린 오늘 처음 만났다."

그녀의 대답에 프랑스인 남자의 옆에 앉아 담배를 피우던 여성이 탄성을 터뜨리며 엄지를 내민다. 와우.

"우린 매년 여기에서 만나지요."

프랑스인 남자는 지그시 눈을 감는다. 하긴 베트남 서북 고원지대의 풍광을 보겠다는 일념으로 항공편도 없는 사파까지 찾아오는 부지런한 여행객이 얼마나 있겠는가. 사파는 공간이 아니라 시간이고, 아름다운 풍경이 아니라 간절한 이야기의 연대기인 것을. 그들도 전설이 된 사랑을 찾아 지구 반대편에서 여기까지 찾아온 것이다. 그런데 그들의 사

musician, who was making his rounds through the food stalls, introduced himself as Vang. He was a Hmong. In his hands, he held a dan nguyet, a traditional lute-shaped instrument; next to him stood his nine-year-old boy. The father played the dan nguyet while his son accompanied him on the dan trung, a bamboo xylophone. Mesmerized by the boy's nimble hands striking notes to the love song, Jung-min's eyes glittered just as they did when she was his age.

"Please play a sad song," I requested. The Hmong musician didn't understand my clumsy Vietnamese. "Please play the dan bau." This time he understood. He laid down the dan nguyet and slung the dan bau off his shoulder.

"Your daughter must listen at her own peril," he said.

He reminded me of the Vietnamese saying that parents could lose daughters who hear the dan bau. Such was its stirring appeal that it would steal a girl's heart away.

"No worries. She isn't my daughter," I assured him.

The impassioned melody flowing from his quivering hands on the dan bau, together with the boy's purely ringing notes on the dan trung, lit up Jung-min's eyes. "The night ends fast while the day lingers on. A tryst too short, a parting too long." The Dao lady sang the sor-

랑이 아니라 남자의 손에 들린 맥주병과 여자의 긴 손톱사이에 아슬아슬하게 끼어있는 검은 담배 블랙데빌이 눈에 거슬린 나는 사파까지 온 크로넨버그 1664 블랑의 김을 빼버리고 싶어졌다.

"그렇지만 이건 진짜가 아닌걸요."

요기를 마치고 악기를 챙겨드는 악사를 따라 일어서며 내가 그들에게 툭 던진 한 마디가 화근이었다.

"그게 무슨 말이야?"

그렇게 물은 건 정민이었다. 시장 쪽에서 노랫소리가 들려오기 시작했다. 나는 서둘러 악사를 따라 걸으며 별 말 아니라고 대답한다.

"난 진짜 사랑시장에 가고 싶어."

걸음을 멈춘 그녀의 눈빛을 보고 나는 멍해진다. 그녀의 고집이 시작되었다.

"진짜 사랑시장은 이제 없어."

"그럼, 난 가지 않겠어."

이곳 서북산악지대에서 마을을 이루고 살아온 흐멍족과 짜이족, 자오족을 비롯한 소수민족들은 비슷한 혼인제도를 가지고 있다. 적령기가 된 처녀는 마을 제사장의 중매를 통해 얼굴도 모르는 청년과 결혼을 하고 정든 산자락을 뒤로 한 채 낯선 마을로 떠나야 한다. 떠나야 하는 것이 정든 집뿐이겠는가. 가난하다고 사랑이 없겠는가. 산이 높다고 그리

rowful lyrics as the father and son performed. The words seemed to put Jung-min in a reverie.

I ordered rice in bamboo for the musician and his boy. For the father, I also ordered rice wine; for the son, a bottle of soda and skewered meat.

Sitting next to us at the stall was a Frenchman sipping on Kronenbourg 1664, a French lager. Looking intrigued, he asked, "Are you lovers meeting once a year?"

I turned to Jung-min, deferring to her for the answer.

"Today is the first time we've met," she said.

The Frenchman and the woman beside him smoking were both wowed—they gave Jung-min a thumbs up.

"We meet here every year," the Frenchman said in return.

He closed his eyes gently. Indeed, not many tourists would travel as far as Sa Pa, a place unreachable by air, just to see the northwest highlands of Vietnam. Sa Pa was not a place but a moment in time—a heartfelt tale rather than a lovely landscape. As for the Frenchman and the woman, they too had traveled halfway around the world yearning for that lore of love. Even so, I was bothered by the Kronenbourg 1664 and the Black Devil cigarette held in the woman's manicured hand. I wanted the foreign beer to fall flat.

"But this isn't the real love market," I told them.

움이 깃들 곳 없겠는가. 오래된 혼례전통과 율법을 어기는
것은 어떤 젊은이들에게도 용납되지 않았다. 그러나 정든
집과 사랑하는 사람을 그리워하며 자신의 목숨을 버리는 것
마저 막을 수는 없었다.

사랑시장은 끊임없이 이어진 순정의 연대기가 탄생시킨
것이었다. 젊은이들의 죽음을 더 이상 방치할 수 없었던 소
수민족의 대표들이 모였고, 그들이 내놓은 지혜가 사랑시장
이었다. 한 해에 한 번, 그리움을 달래고 허기진 사랑을 채우
는 것을 허용한다. 그 하루, 서북산악지대의 젊은이들은 아
픈 사랑을 찾아 사파의 시장으로 모여들었다.

나는 어쩔 수 없이 우리를 지켜보고 서 있는 흐멍족 악사
에게 진짜 사랑시장이 어디에서 열리는지 묻는다. 사랑시장
이 밖으로 알려지면서 사파를 찾아오는 나 같은 여행객들이
하나둘 생겨났다. 그러면서 사랑시장은 관광객을 위해 매주
각본에 따라 진행하는 공연처럼 되었고, 진짜 사랑시장은
외부인의 눈길이 닿지 않는 깊은 산 속으로 숨어 들어가 버
렸다.

"관광객은 진짜 사랑시장에 갈 수 없어요."

정민은 발끈한다.

"왜 안 된다는 거야?"

"구경꾼은 허용하지 않아요. 그건 쇼가 아니거든요."

"난 구경하러 여기 온 게 아니에요."

I stood up to leave, taking my cue from the musician, who was gathering his instruments after the light meal. My parting remark to the couple didn't sit well with Jung-min.

"What do mean this isn't real?" Jung-min asked.

I could hear people starting to sing in the market. I hastened behind the musician, brushing off the remark.

"I want to visit the real love market," she told me.

She stood still, looking stubborn. Her mind was set.

"It doesn't exist anymore," I said.

"Then I won't go to the fake one."

The Hmong, Giay, Dao, and other ethnic minorities of the northwest highlands had similar customs of marriage. When a girl came of age, the village priest arranged a match for her. Sent away to marry a stranger, the bride-to-be would leave behind her village—and more. Even lives of hardship had love. Yearning pervaded the towering mountains. The village youth dared not defy age-old customs, but no one could stop them from taking their own lives—they longed for their families and loved ones all the same.

These tales of star-crossed love gave rise to the love market. Gathering in response to these deaths, the village elders wisely adopted the love market as a remedy. Once a year, young lovers were allowed to satisfy their

악사를 향했던 시선을 내게 돌리며 정민이 덧붙인다.

"내가 오늘 이 옷을 괜히 입은 줄 알아?"

정민은 자신이 입은 흐멍족의 자수가 들어간 치맛자락을 펼쳐 보인다. 시장에서 들려오는 노랫소리가 점점 높아지고 악사는 우리를 향해 인사를 하며 돌아선다. 그녀는 고집을 꺾지 않는다.

"난 가지 않겠어. 사랑은 없고 시장만 남은 사랑시장 따위엔 가지 않겠어."

나는 그녀의 옆에 선 채 아들의 손을 잡고 멀어져가는 악사를 지켜본다. 시장으로 꺾어지는 모퉁이에서 소년은 우리를 향해 어서 오라고 손짓을 한다. 하지만 그녀는 여전히 꼼짝하지 않는다. 여기서 내가 할 수 없는 일은 아무것도 없다. 나는 망연히 그녀를 지켜보고 서 있을 뿐이다. 진짜 사랑시장에 가야만 하겠다는 그녀의 고집이, 절박함이 위태로워 보인다. 구경꾼으로 온 게 아니라면 그녀는 진짜 사랑이라도 나누러 가겠다는 건가. 이 여자를 어떻게 해야 하나. 아니다. 문제는 그녀가 아니다. 나를 어떻게 해야 하나. 나는 무엇을 어떻게 해야 할지 혼란스러울 뿐이다.

길을 잃은 사람처럼 서 있는 우리를 향해 손을 흔들며 달려오는 사람이 있다. 악사의 아들이다.

"내가 알아요."

우리는 그렇게 해서 브엉호아의 산 속에서 열리는 사랑

yearning and quench their thirst for love. When the day arrived, they flooded into Sa Pa's market in hopes of meeting long-lost loves.

I turned reluctantly toward the Hmong musician, who had been watching our exchange. I asked him where the real love market was held. When news of the love market reached the outside world, it attracted travelers like me. To all outward appearances, the love market became a tourist attraction staged as a performance. The real love market hid deep within the woods, away from prying eyes.

"Tourists aren't allowed there," the musician replied.

"Why not?" Jung-min asked indignantly.

"It's not a show. You're not allowed to watch."

"I'm not here to watch."

Turning from the musician to face me, Jung-min added, "I wore this for a reason." She flourished the embroidered Hmong skirt. The singing from the market grew louder; the musician gave a slight bow in parting. Jung-min wasn't giving up.

"I won't go to a place that's nothing but a market without love."

I simply stood by her side, watching the musician walk away with his son. Turning the corner to the market, the boy motioned at us to follow. Jung-min wouldn'

시장에 갈 수 있었다. 현지차량으로 갈 수 있는 길은 30분 만에 끝났다. 거기서부터 한 시간을 걸었는데도 목적지는 보이지 않았다. 얼마나 남았는지 물어볼 때마다 약사의 대답은 똑같다. 거의 다 왔다. 30분 전에도 그랬다.

사방을 둘러보아도 불빛 한 점 보이지 않는다. 점점 커지는 불안감을 억누르며 나는 휴대폰의 터치 터치스크린을 밀어본다. 통화권 이탈지역 표시 등이 여전히 켜져 있다. 네 차례나 발을 헛디뎌 넘어진 정민은 가쁜 숨을 몰아쉬며 길바닥에 주저앉는다. 달빛에 비친 그녀의 이마엔 땀이 흥건하고 얼굴은 창백하다.

"아무래도 무리야. 이 사람들도 믿을 수 없어. 여기서 돌아가자."

그녀는 고개를 저으며 어깨에 멘 손가방의 지퍼를 연다. 약이다.

"뭐야?"

"비타민."

비타민을 몇 알씩 분리포장하지 않는다는 것쯤은 나도 알았다.

"물 없어?"

나는 약사에게 물을 가지고 있는지 물어본다. 없다, 거기 가면 물이 있다. 왠지 친절하지 않게 느껴지는 그의 대답에 나는 더 불안해진다.

t budge—there was nothing I could do except stare at her. She was in a dangerously precarious state, stubborn to the point of desperation. If she wasn't here to watch, was she planning a tryst? What was I to do with her? No, wrong question. What was I to do with myself?

As we stood there looking lost, someone came running toward us. It was the musician's son, waving at us to join him.

"I know where it is," he said.

Thus we journeyed to the love market deep in Muong Hoa Valley. We were off the paved road in thirty minutes. We walked for another hour, but our destination was nowhere in sight. I kept asking the musician how much farther we had to go. For thirty minutes, he gave the same reply: "We're almost there."

There wasn't a single light to be seen. Trying to steady my fear, I dragged the touch screen slider on my mobile. We were still out of the coverage area. Having tripped and fallen four times already, Jung-min sank to the ground, breathing heavily. Under the moonlight, I could see the ashen look on her face and the sweat covering her forehead.

"We should go back. I don't trust them," I told her.

Shaking her head, she unzipped her bag. She took out some pills.

"서로 금슬이 아주 좋았던 우리 마을의 어떤 부부 얘기 하나 해줄까요?"

경계심이 어린 내 눈빛을 읽었는지 악사는 엉뚱한 얘기를 꺼낸다.

"해마다 사랑시장이 열리는 날이면, 이 부부는 이른 아침에 함께 손을 잡고 집을 나섰습니다. 마을을 벗어나면 몸이 약한 아내를 소의 등에 태우고, 남편은 고삐를 잡은 채 앞장서 걸어갔지요."

악사가 이야기를 늘어놓는 사이 소년이 숲 속으로 사라졌다. 나의 불안감은 한껏 치솟았다. 악사의 이야기가 이어졌지만 나의 온 신경은 소년이 사라진 숲을 향해 곤두섰다. 정민의 고집을 막지 못한 것이 후회스럽기 그지없었다. 지금이라도 정민을 데리고 돌아가고 싶은 마음 간절했지만 되돌아가는 길을 찾을 자신이 없다. 가야할 길을 감추고 있는 어둠은 지나온 길을 이미 지워버렸다.

악사의 이야기가 끝나기 전에 소년이 어둠을 뚫고 달려왔다. 나는 안도의 한숨을 내쉬었고 악사는 이야기를 계속했다.

"사랑시장에 도착하면 그들 부부도 다른 사람들처럼 서로의 사랑을 찾아 헤어졌지요."

가쁜 숨을 몰아쉬며 소년이 정민에게 내민 것은 콜라병이었다. 내가 사준 콜라를 마시고 가방에 넣었던 빈 병에는

"What are those for?" I asked.

"They're just vitamins."

She couldn't fool me. After all, vitamins didn't come in single-dose packs.

"You got any water?" she asked.

I asked the musician if he had any. He replied, "No. You must wait." His curt reply made me more anxious than ever.

"Would you like to hear the story of a happily married couple in my village?" he asked.

He was changing the subject—perhaps he read the fear on my face.

"Every year, when the day of the love market arrived, the couple set out first thing in the morning holding hands. Once out of the village, the wife would ride on a cow while the husband led the way on foot, holding onto the reins."

The boy vanished into the woods as his father told the story. My fear escalated. I was on full alert with my eyes fixed on the woods. I regretted giving in to Jung-min's whim. I wanted to turn back with her, but I doubted I could find the way. The darkness hid the road and erased our tracks.

The father was still telling the story when the boy came running back. I breathed a sigh of relief. Mean-

물이 담겨있다. 정민이 약을 입에 털어 넣고 콜라병에 담긴 물을 마셨다. 그들을 의심한 것이 미안해진 나는 약사의 이야기에 처음으로 추임새를 넣었다.

"그렇게 서로의 사랑을 만나 밤을 보내고 난 다음 날은 어떻게 해요?"

"밤이 가면 시장도 끝이 나지요. 해가 뜨면 그들도 다시 만났지요. 이번에는 술이 덜 깬 남편을 소의 등에 태우고, 아내가 고삐를 끌고 휘적휘적 왔던 길을 되짚어 집으로 돌아가는 거지요."

다시 걷기 시작해서 작은 언덕하나를 더 넘었을 때 노랫소리가 멀리서 들려오기 시작했다. 그 사이에도 정민은 두 번을 더 주저앉았지만 가겠다는 고집을 꺾지 않았다. 달빛만이 발 놓을 자리를 비춰주는 산길을 앞서 걷는 약사에게 나는 물었다.

"당신이 말한 그 부부는 오늘도 저 시장에서 서로의 사랑을 만나고 있을까요?"

"그 아내는 이제 사랑시장에 가지 못해요. 지난겨울에 저 세상으로 갔으니까요."

"그럼, 그 남편은요?"

"……"

더는 묻지 말아야 했다. 그런데 호기심이 내 입을 움직였다.

66

while, the story continued.

"Arriving at the love market, the couple would go their separate ways in search of their loved ones."

Panting from his sprint, the boy held out a bottle to Jung-min. He had saved the bottle from the soda I bought him—it was now filled with water. Jung-min took a sip and swallowed her pills. Feeling guilty for doubting the musician, I finally chimed in.

"What would happen the day after their trysts?" I asked.

"As the love market ended with the night, the couple would reunite at sunrise. On their way back, the drunken husband would ride on the cow while the wife led the way, taking the reins. Thus they returned, retracing their steps from the day before."

We resumed the trek and climbed over another hill. The faraway sound of singing wafted within earshot. Jung-min twice sank to the ground, but she was determined to carry on. I asked the musician, who was leading the way on this rugged path lit only by moonlight.

"The married couple from your story—are they meeting with loved ones tonight?"

"The wife can no longer visit the love market. She passed away last year," he replied.

"Then what about the husband?"

"그 남편은 사랑시장에 가지 않나요?"

"여기에 있으니 거기에는 없겠죠."

로이, 신 로이. 미안, 정말 미안하다고 나는 몇 번이고 그에게 사과했다.

"그 남편은 애초에 시장에서 찾을 사랑이 없었어요. 그 아내만이 그의 사랑이었으니까요. 아내가 사랑을 찾아 떠난 그 하룻밤 그에겐 술만이 친구가 되어주었죠. 어둠이 걷힐 때까지 마시고 또 마시며 단버우를 뜯다가, 날이 새면 아내가 끄는 소의 등에 실려 집으로 돌아갔지요. 그에게 사랑은 사랑시장에서만 없었지요."

나는 하마터면 정민에게 눈물을 들킬 뻔했다. 악사의 뒤를 따르고 있는 소년은 누구의 아들일까. 노랫소리는 점점 가까워지고 있었다.

우리는 한 장의 사진도 찍지 않고, 한 글자의 기록도 하지 않고, 한 마디의 말도 옮기지 않겠다고 서약하고 참여를 허락받았다. 브엉호아의 사랑시장에서는 춤과 노래가 끊어지지 않았다. 술이 떨어지지 않았다.

닭은 아침을 기다려서야 목청껏 울고
개울은 달이 뜨기를 기다려서야 졸졸 소리 내어 흐르고
저는 밤 시장이 오기를 기다려서야 사랑을 얘기하지요

The musician fell silent.

I shouldn't have pressed further. But curiosity got the better of me.

"Is the husband at the love market?" I asked.

"No, he's right here."

"Xin lỗi. I'm sorry," I apologized, bowing my head repeatedly.

"The husband never met anyone at the love market. His wife was his only love. Once his wife would set out in search of her lover, rice wine kept him company for the night. He played the dan bau, drinking and drinking as the night waned. When the morning dawned, he would be carried home on their cow, led by his wife. Only at the love market would he lose his love."

I hid my tears from Jung-min. I wondered who the young boy's father might be. The singing voices grew louder.

We were granted permission to join the love market on strict conditions: we swore not to take a single photograph, jot down a single letter, or repeat a single word. Singing and dancing filled the love market. The rice wine flowed freely.

The rooster waits for the sunrise to crow
The stream waits for the moonrise to flow

온 마음을 다해 그대를 사랑해요

목청껏 그대를 그리워해요

이 삶이 다하도록 그대를 사랑해요

돌 위에 꽃이 필 때까지

돌 뿌리에 싹이 틀 때까지

전 기다리고 또 기다려요

'고백의 노래'는 므엉호아의 숲 구석구석으로 스며들었다. 노래를 주고받으며 춤을 추던 연인들이 사라진 숲으로 정민은 나를 이끌었다.

"이래도 괜찮을까?"

나는 무엇이 두려워서 가슴을 쿵쾅거렸던 것일까. 그녀일까. 아니면 나 자신이었을까.

"당신에게는 아직도 괜찮지 않은 무엇이 남아 있어? 난 내가 정말 사랑했던 것을 무덤 뒤의 날들로 미뤄둔 채 인생을 끝내지는 않기로 했어."

그녀는 단호하게 말하지만, 나는 대답하지 못한다. 그녀가 정말 사랑했던 것에 내가 속한다고 나는 감히 확신할 수 없었다. 나를 사랑한다고 말하는 것을 믿으라고 명령하는 눈, 그녀의 그 황홀한 눈웃음을 나는 다만 거역할 수 없었을 뿐이다.

I wait for the nighttime market to avow
Never have I loved as I love you now.

I sing of my longing night and day
Never to cease 'til my dying day
Over the rocks may flowers take root
As I wait steadfast, just as resolute.

The song of avowal rippled across the hillside. After singing phrases to each other and dancing, lovers vanished in the woods. Jung-min followed suit by leading me there.

"Are you sure about this?" I asked.

My heart pounded apprehensively although I wasn't sure why. Did I fear for her? Or did I fear for myself?

"Are you still holding back? I won't put off love any longer—I won't resign it to my next life," she said.

She spoke firmly, but I couldn't find the words to reply. I didn't presume to be part of that love. Yet I dared not contradict those glowing eyes ordering me to believe she loved me.

"From now on, may I wait for you on this day?" I asked.

I was an eleven-year-old boy once again, held spellbound. I wanted to make it last. Perhaps just one day of

"일 년에 오늘 하루는 널 기다려도 되는 거야?"

나는 그녀의 마법에 걸려든 열한 살의 눈 먼 소년처럼 헛된 주문을 왼다. 그래, 일 년에 단 하루쯤은 내게도 너를 안을 자격이 있지 않을까. 그래도 괜찮지 않을까.

"응. 그런데 내게 오늘이 한 번은 더 허락될까, 두 번쯤만 더 내게 허락된다면 좋을 텐데."

"무슨 소리를 하는 거야, 이 가스나야!"

가스나, 나는 끝내 그 말을 뱉고야 말았다.

눈을 떴을 땐 새벽녘이었다. 옆 침대에 잠들어 있는 그녀의 팔과 다리는 온통 상처투성이다. 내 팔과 무릎도 성치 않기는 마찬가지다. 침대 사이의 탁자 위에 놓인 그녀의 작은 가방에는 약이 가득하다. 발코니로 나가 브엉호아 방향의 능선을 바라본다. 지난 밤 기진한 그녀를 업고 돌아온 길을 가늠해본다. 숨이 막힐 것 같다. 깎아지는 언덕 위에 자리 잡은 호텔과 브엉호아 사이의 깊은 골짜기는 안개로 가득 채워져 있고, 산봉우리만 검게 형체를 드러내고 있다. 나는 고개를 들어 새벽하늘을 바라본다. 몇 개의 별들이 밤의 마지막 순간을 지키는 근위대가 되어 사투를 벌이며 빛나고 있다. 여명은 별의 눈길의 게릴라처럼 피해 산을 타고 밀려내려 온다. 어떤 사람은 이 하루를 기다리며 일 년을 견뎌냈을 것이다. 어떤 사람은 이 하루의 힘으로 또 일 년을 살아낼 것이다.

the year, I could hold her in my arms. Perhaps.

"You may. But I'm not sure I'll have another year. If only I could have two more."

"Why, you wench! What do you mean?"

You wench—I let it slip in the end.

I woke up at daybreak. I glanced at Jung-min fast asleep on the bed next to mine. Her arms and legs were scarred all over. My own limbs were scraped as well. Her bag on the bedside table was full of medication. I stepped out onto the balcony, gazing at the mountain ridge. I tried to make out the road I took back carrying Jung-min, who had been utterly exhausted. Shaken for a moment, I had to catch my breath. A thick fog shrouded the Muong Hoa Valley beyond the hotel, leaving only the darkened peaks peering above. I lifted my eyes into the dawning sky. A few stars lingered as the last guardians of the night, shining with all their might to fend off the morning. Yet the dawn advanced with a cunning stealth worthy of guerilla fighters. There were those who had endured the past year for this one day. This one day would give others the strength to carry on another year.

Every time Jung-min had appeared, she had done so with an unbeatable adversary in tow. But this latest foe proved the most formidable of all—I never felt so pow-

그녀가 데리고 나타난 상대는 하나같이 내가 무엇으로도 대적이 가능하지 않은 대상들이었다. 그렇지만 이번에 그녀가 데리고 온 상대보다 더 나를 무력하게 만드는 대상은 없었다. 나는 이제 무엇을 기다리며, 어떤 힘으로 살아가야 하는 것일까. 아득하고, 자신이 없어지는 새벽이다.

erless as I did now. What hope did I have left? How was I to carry on? At daybreak, I found myself losing heart, for all seemed lost.

창작노트
Writer's Note

하노이에서 사파로 가는 방법은 세 가지다.

승용차와 버스, 기차. 나는 사파에 갈 때마다 방법을 바꾼다. 승용차는 베트남의 서북 산악지대를 끝없이 차고 올라가는 아득함이 있다. 침대 버스에는 나태와 자포자기가 충만하다. 때 없이 잠을 자는 동안에도 길은 줄어들고 사파는 다가온다. 야간기차는 캄캄한 어둠 속에 묻어두고 싶은 모든 이야기를 덮어준다.

사파로 가는 길이 바로 사파다.

사파는 아무것도 보여주지 않는다. 보여주는 것에 아무런 관심도 없는 곳을 여행하는 자의 미덕은 아무것도 보려고 하지 않는 것이다. 가파른 산골짜기 겹겹이 선을 그으며 층

There are three ways to travel from Hanoi to Sa Pa. You can go by car, bus, or train. I opt for a different way each time. The car kicking its way up the northwest highlands of Vietnam carries you into an otherworldly realm. The sleeper bus plunges you into languid abandonment; Sa Pa draws near even as you while away the hours in slumber. The overnight train pulls a blanket of darkness over the stories you would rather bury away.

Sa Pa entails the journey to Sa Pa.

Sa Pa stays hidden from view. At this place that shrouds itself, travelers do not strain to see. A thick fog cloaks the edges of terraced rice paddies that climb the

층이 올라가는 다락논, 논을 채운 물이 수평을 재며 층층이 올라가는 그 풍경의 끝을 감추는 것은 언제나 짙은 안개다.

호텔은 당연히 '쩌우롱 사파'다. 쩌우롱 사파의 밤은 춥다. 난방은 없다. 골목을 따라 올라가면 라오까이맥주가 있다. 베트남 서북 산악지대에서만 마실 수 있는 싸하고 시큼한 맥주다. 그것으로 가시지 않는 외로움과 한기가 남았다면 사파의 밀주, 지오넵이 있다. 코를 사로잡는 감미로운 누룩 향과 혀를 적시는 담백함은 대적 불가다.

사파의 시장에서 나를 기다리는 사랑은 없다.

사파에서 나를 기다리고 있는 것은 오직 나 자신뿐이다.

빛나고 아름다웠던 어느 한때의 내가 거기에 있다. 누구인들 한 번쯤 그런 시절이 없었겠는가.

너무 많이 마셔도 좋지만, 너무 깊이 잠들어서는 안 된다. 발코니 너머로 시리게 빛나는 사파의 별빛이 대기하고 있다. 사파의 계곡을 채우고 차오르는 압도적인 새벽안개는 게릴라처럼 아침과 함께 자취를 감춘다.

그렇지만 사파의 새벽안개에 젖어본 사람은 그 전의 자신으로 다시는 돌아가지 못한다. 왜 사파에 한 번도 안 가본 사람은 있어도 사파에 한 번만 가본 사람은 없다고 하겠는가.

slopes, step by step, with each layer brimming with water.

Travelers would do well to stay at the Chau Long Sapa Hotel. The nights grow chilly at Chau Long. There is no heating. Lao Cai beer beckons up the alley. The tangy, sour drink is found only in the northwest highlands. When the beer leaves behind a lingering chill and loneliness, the rice wine ruou nep, Sa Pa's moonshine, washes it away. The enticing smell of yeast and savory flavor make it unbeatable.

No love awaits me at the Sa Pa market. There is no one but me. My past self, in its former luster, waits for me there. Everyone has bygone days of splendor, after all. Upon indulging in drinks, one must ward off heavy slumber. The stars scintillate out the balcony. The fog arrives at dawn, rising up the valley only to vanish in the morning. Those who steep themselves in Sa Pa's fog at daybreak find there is no going back. After one visit, you are fated to return.

해설
Commentary

사랑의 어두움을 찾아가는 길
-방현석의「사파에서」

이수명(시인)

　방현석의「사파에서」는 아름다운 사랑 소설이다. 한 남자의 인생에 들어선 사랑의 순간을 한 폭의 수채화처럼 담고 있다. 사랑의 순간은 세 번 강렬하게 그려지는데 세 번 모두 대상이 같은 사람이다. 남자의 유년기, 청년기, 중년기를 사로잡고 있는 사랑이 모두 한 여인이며, 이렇게 한 사람을 대상으로 매번 처음 겪는 것 같은 사랑을 스케치한 것이다. 그리고 시기는 다르지만 이 세 번의 사랑은 격렬함, 불가항력, 자신의 세계에서 나와 밖으로의 위험한 던져짐이라는 점에서 공통된다. 사랑은 불쑥 나타나고 남자를 흔들고 강타한다.

　소설에서 이러한 설정이 인상적인 것은, 여인이 나타날

Love's Shadow
in Bang Hyeon-seok's
"Love in Sa Pa"

Lee Su-myeong (poet)

Bang Hyeon-seok's "Love in Sa Pa" is a beautiful tale of love. It follows a man crossing paths with a loved one, capturing these moments in the luminous tones worthy of a watercolor painting. Three vivid scenes of love are prompted by the same object. The protagonist Seok-woo spends his childhood, early maturity, and adulthood in love with the same woman; Jung-min, his object of love, stirs new-found emotion at each stage of his life. Though occurring at different times, these three episodes share common features: fierce effort, uncontrollable force, and the danger of being thrown out of one's world. Love appears unannounced, shaking him to the core each time.

때마다 남자가 감당하기 힘든 것 앞에 마주서게 되기 때문이다. 어린 시절에는 사랑을 위해 감나무 꼭대기에 걸린 감을 따러 올라갔다가 떨어짐으로써, 청년기에는 노동 해방운동을 하는 그녀의 도피처가 되었다가 조직원으로 엮여 고초를 당함으로써, 그리고 마흔을 넘어서는 베트남으로 찾아온 여인이 많은 약병을 지니고 있는 것으로 보건대 사랑하는 사람의 죽음을 직면하게 함으로써 그렇다. 특히 베트남으로 찾아온 세 번째 장면은 여인이 사파의 사랑 시장을 찾아가겠다고 고집을 부림으로써 험난한 밤길을 걸어 목적지에 당도하고 그곳에서 이 사랑의 모든 것을 직시하는 남자의 시선으로 마무리되고 있어 깊은 인상을 준다. "그녀가 데리고 나타난 상대는 하나같이 내가 무엇으로도 대적이 가능하지 않은 대상들이었다. 그렇지만 이번에 그녀가 데리고 온 상대보다 더 나를 무력하게 만드는 대상은 없었다. 나는 이제 무엇을 기다리며, 어떤 힘으로 살아가야 하는 것일까. 아득하고, 자신이 없어지는 새벽이다." 소설의 마지막 부분이다. 그녀가 데리고 나타나는 것을 늘 받아들이고 기다리고 다시 맞이하였지만 마지막으로 나타난 상대가 죽음이었을 때 남자가 토로하는 무력감은 그 무엇에도 견줄 수가 없다. 사랑은 그것을 오래 품어 온 크기만큼 어둡다. 사랑의 크기

This structure makes for a compelling plot: whenever Jung-min appears, Seok-woo faces an overwhelming situation. As a boy, he climbed up a persimmon tree for her, only to fall; as a young adult, he provided a refuge away from her labor movement activism, only to be charged for activism himself; in his forties, he meets her in Vietnam, only to find her luggage filled with medication, hinting at her imminent death. In the third encounter taking place in Vietnam, Jung-min stubbornly insists on visiting Sa Pa's love market, setting them on an arduous nighttime trek. Once they reach their destination, Seok-woo confronts all that has come to pass. In a moving resolution, he admits:

Every time Jung-min had appeared, she had done so with an unbeatable adversary in tow. But this latest foe proved the most formidable of all—I never felt so powerless as I did now. What hope did I have left? How was I to carry on? At daybreak, I found myself losing heart, for all seemed lost.

Thus ends the story. Seok-woo had accepted whatever appeared in tow with Jung-min, always waiting to welcome her again; but when she appears escorted by death, he is rendered utterly powerless. Cherished for

는 이제 죽음의 크기로 다가온다. 마지막 장면이 다소 극적이기는 하지만 사실 생각해보면 사랑의 경험은 이와 같은 무력함의 경험에 다름 아닐 것이다. 상대가 무엇을 가지고 나타났든, 설사 죽음이 아니어도, 사랑에 빠진 사람이 할 수 있는 것은 없다. 그냥 그 격류에 휩쓸려 갈 뿐이다.

「사파에서」는 농촌에서의 유년 시절부터 이십대의 직장 생활, 그리고 베트남으로의 파견 근무로 이어지는 평범한 남자의 40여년의 삶에서 한 여인과 연결되는 반짝이는 몇 순간을 포착한 것이다. 따라서 과거와 현재를 번갈아 오가는 자연스럽고 빈틈없는 교차 덕분에 공간적으로도 어린 시절의 집, 강, 둑, 들판, 울산 면소재지의 농협, 그리고 베트남이 계속 교체된다. 페이지를 넘길 때마다 이루어지는 시간과 공간의 기민한 이동은 마치 잘 직조된 씨실과 날실의 결합처럼 장면 속 두 사람의 분위기를 선명하고 섬세하게 그려내도록 돕는다.

물론 이것이 전부는 아니다. 시공간에 의지하는 두 사람의 만남과 헤어짐이 소설의 중요한 흐름을 이루지만 이에 덧붙여 현실이라는 축과 내면이라는 축의, 눈에 띄는 어우러짐이 있다. 남자의 삶을 이루는 것은 가난한 환경과 취직 생활이다. 그는 대학에 진학을 하지 못했고 농협의 영농계

long, love casts a shadow all the more somber. The enormity of love returns as the enormity of death. While the final revelation may come as a surprise, one cannot help but recognize the experience of love as the experience of helplessness. Whatever arrives with a loved one (be it death or not), the person in love has no recourse except to be swept away by the torrent.

In retracing the life of an ordinary man in his forties, "Love in Sa Pa" captures the glowing moments featuring his loved one, moments studding his childhood in the countryside, his work in his twenties, and his overseas placement in Vietnam. Weaving naturally and seamlessly between past and present, the story also crisscrosses different locations: his childhood home, the Dongcheongang River, the embankment, Jungbo Field, Ulsan's National Agricultural Cooperative Federation (NACF) office, and Vietnam. On each page, the nimble narrative traverses time and space, spinning the warp and weft yarns of each scene in all their vivid detail.

There is more woven into this fabric. The two characters' repeated encounters and partings, occurring with spatiotemporal shifts, provide the main rhythm for narrative events, which unfold on two axes: reality and interiority. Seok-woo's life is conditioned by his limited means and employment. Unable to afford college, he

로 취직했으며, 후에 융자계로 전보 조치되었다가 베트남으로 파견 근무를 하게 된다. 여인의 삶도 녹록하지가 않다. 대학을 갔다가 노동운동에 관여하여 쫓기게 되고 결혼을 했지만 대출과 융자 건으로 옛 동창에게 신세를 져야 하며, 나중에는 많은 약봉지를 지닌 채 베트남으로 남자를 찾아 쉬러 온다. 이러한 고단한 현실이 두 사람의 삶이고 현실인 것이다. 하지만 이러한 현실을 직시하고 부드럽게 감싸는 것은 남자의 그림이다. 첫 만남부터 그림으로 시작하여 두 사람의 만남에는 항상 그림이 끼여 들어 있다. 남자의 그림은 두 사람을 둘러싼 현실의 날카로움을 녹아 들게 한다. 그림이 그의 내면이고 내면의 시선이라 했을 때, 현실은 남자의 내면의 품 안으로 스며드는 것이다. 그리하여 과거와 현재, 시간과 공간, 만남과 헤어짐, 떠남과 돌아옴, 현실과 내면의 타래들이 얽히고 교차하는 사랑의 역사가 탄생된다.

짧은 소설 안에 이러한 입체적 만남이 형성되는 동안 시선을 끄는 것은 어릴 적 고향의 농촌 못지않게 아름답게 전개되는 베트남의 풍광이다. 두 사람이 사파를 향해 갈 때 라오까이성을 지나 나타나는 시골과 산골의 길들, 장작더미, 목재소, 동물들, 차밭 등은 이국적이면서도 친밀한 느낌을 준다. 사파 호텔을 나와 접하게 되는 노점들, 전통주 지오넵,

finds clerical work at the NACF's agricultural office; later on, he is transferred to the loan office and eventually dispatched overseas to Vietnam. Life is tough for Jung-min as well. She attends college but becomes embroiled in a labor movement that sets her on the run. After settling for marriage, she relies on her old friend to process a loan and financing application. Wanting to rest, she eventually seeks him out in Vietnam, armed with medication. Such is their weary lot. Paintings reflect these realities while softening their harsh features. A painting leads to their first encounter; paintings continue to figure in their relationship thereafter. Seok-woo's paintings have the effect of subduing the harsh conditions surrounding them. Symbolic of his interiority or internal gaze, they are the means by which reality seeps into his inner world. Past and present, time and space, reality and interiority are interwoven into this tale of love.

As the characters meet in the short story's multi-dimensional narrative world, the lush landscapes of Vietnam vie for attention, rivaling the pastoral countryside of their hometown. Once they reach Lao Cai on their way to Sa Pa, the road running alongside rural villages and valleys, the stacks of firewood, timber mills, animals, and tea fields evoke an overall ambiance that is at once familiar and exotic. Images continue to pass by as the

전통 악기 당응윗과 단버우, 단트롱, 무엇보다 므엉호아의 산속으로 찾아 들어간 사랑 시장이라는 풍속 등이 두 사람의 행보를 따라 하나씩 등장하고 사라진다. 이러한 오브제들이나 풍경들은 두 사람이 고향에서 함께 보았던 강이나 산, 벌판의 풍경처럼 아름다운 영상으로 자리 잡는다. 남자의 화폭에 담긴 것이나, 채 담기지 않고 주변에 어른거리는 것이나 모두가 한 편의 시 같은 이미지다. 그리고 그들을 둘러싼 이러한 세계의 다정한 아름다움만큼이나 두 사람의 묵시적 사랑은 고요하고 치명적이다.

characters make their way from the Chau Long Sa Pa Hotel: the food stalls, the local rice wine ruou nep, the traditional instruments dan nguyet, dan bau, and the dan trung, and above all, the love market driven into the woods of Muong Hoa Valley. Like the river, hills, and fields of their hometown, these Vietnamese landscapes and objects settle into the memory like a gorgeous film. The images already captured in Seok-woo's artwork, as well as those that glimmer around them waiting to be painted, possess poetic qualities. The characters' implicit love, like the tender beauty of the world around them, is just as hushed, just as poignant.

비평의 목소리
Critical Acclaim

비 내리는 후덥지근한 호찌민시 6월 어느 날, 방현석 작가의 「사파에서」를 손에 들게 되었다. 오랜만에 한국문학 작품을 단숨에 읽었다. 그리고 번역하기로 하였다.

「사파에서」는 제목에서 알 수 있듯이 베트남을 배경으로 하지만 베트남을 다룬 이야기가 아니다. 사파(Sa Pa)는 베트남의 서북쪽 지역, 해발 1,500m 고도에 위치해 있으며 인도차이나의 지붕이라 불리는 판시판(Fansipan) 산이 있는 곳이다. 하노이에서 약 350 km, 소수민족들이 모여 살고 있는 사파는 다양한 문화, 프랑스 건축의 흔적, 계단식 논밭과 아름다운 산길 등 독특한 매력으로 국내외 관광객들을 불러 모은다.

그러한 곳에 정민, 그녀가 찾아가고 싶어하였다. '노동해방'에 가담했던 그녀가 '내가' 있는 하노이에 찾아와 사파에 같이 가자고. 그녀가 여느 관광객과 달리 사파의 매력 때문에 찾아 온 것이 아니었다. 그녀가 진작부터 찾아가고 싶은 곳은 '사랑 시장'이다. 일년에 단 한번, 음력 3월 27일에 열리는 "그리움을 달래고 허기진 사랑을 채우는" 커우 바이(Khâu Vai) '사랑 시장'은 이제 베트남 서북산악지대의 젊은이들뿐만 아니라 국적을 넘어 아픈 사랑을 찾아 '하룻밤의 꿈'을 꾸는 이들은 모여드는 곳이 되었다.

사랑 시장에서 한국인인 나와 정민의 이야기, 베트남인 악사와 아내의 이야기가 얽혀 있다. 정민 그녀 때문에 그림을 그리고, 또 그녀 때문에 붓을 버리게 되었지만 "그녀에게 어울리는 한 쌍의 그림"이 되지 못한 '나'. 사랑 시장이 열리는 날에 "몸이 약한 아내를 소의 등에 태우고" 시장에 같이 가지만 도착하면 "서로의 사랑을 찾아 헤어지"고 "해가 뜨면 다시 만나" 집에 돌아가는 악사. 그들의 애틋한 사연은 독자의 마음을 감동시킨다. 그들의 끝이 보이지 않는 사랑은 '내가' 마저 그리지 못하는 그림의 미완성과 다름이 없다.

겉으로 낭만적이고 자유분방한 것처럼 보일 수 있지만 사랑 시장은 수많은 사연과 비극을 담고 있는 공간이다. 한편으로 그곳은 국적에 상관없이 인생의 아픔을 안고 살아가는 사람들에게 희망과 꿈을 심어주는 공간이기도 하다. 작가가 이러한 공간을 매개로 독자들에게 '사랑'의 메시지를 전하고 싶은지도 모른다.

「사파에서」를 번역하면서 여러 감정을 느꼈다. 섬세하고 간결한 언어로 문장들이 잘 읽혀지고 애절한 이야기로 독자의 감수성을 자극하는 작품이다. 한국 작가가 들려주는 베트남 '사파'의 사랑 이야기를 전 세계 독자들에게 추천하고 싶은 작품이다.

응웬 티 히엔 (Nguyễn Thi Hiền, 베트남어 번역가/호치민대 한국학과 교수)

사파는 베트남의 수도 하노이에서 북서쪽으로 약 300km 떨어진 표고 1600m의 산간지역이다.

층층이 올라가는 아름다운 다락논과 화려한 원색의 전통의상을 입는 소수민족이 살아가는 마을이 산재해 있다. 금기를 뛰어넘은 사랑이 허락되는 사랑시장은 매우 문학적인 공간이다.

어릴 적 소녀에게 첫눈에 반한 소년은 중년이 된 지금도 전화기 너머 숨결만으로 그녀의 존재를 알아챈다. 시대에 농락당하고 치유할 수 없는 상처를 서로에게 떠넘긴 채 시간이 흘렀다. 방현석 작품의 많은 등장인물들이 그렇듯 두 사람은 자신의 과오를 변명하지도, 상대를 탓하지도 않는다. 비록 실수를 했더라도 각자의 시간을 있는 힘껏 살아왔기 때문일 것이다. 베트남으로 그를 찾아간 그녀의 몸이 병에 침식된 것은 젊은 그녀가 꿈꾸던 세계, 민주화 이후의 한국사회에 대한 저자의 인식일까. 절절한 유래를 품은 사파, 멀고 아득한 비현실적인 공간에서 뒤늦게 맺어진 두 사람은 진심으로 서로를 용서하고 상처를 치유할 수 있었을까. 단 하루의 열정으로 한 해를 버텨내고 그날의 달콤한 기억과 기대로 하루하루의 고통을 견딜 수 있게 해주는 곳, 사파. 우리를 살아가게 하는 것은 그런 기억과 열정일지도 모른다.

김훈아 (일본어 번역가)

K-픽션 스페셜
사파에서

2020년 9월 30일 초판 1쇄 발행

지은이 방현석 | 옮긴이 채선이 | 펴낸이 김재범
기획위원 전성태, 정은경, 이경재, 강영숙
편집 최지애, 정경미 | 관리 홍희표, 박수연 | 디자인 다랑어스토리
인쇄·제책 굿에그커뮤니케이션 | 종이 한솔PNS
펴낸곳 (주)아시아 | 출판등록 2006년 1월 27일 제406-2006-000004호
주소 경기도 파주시 회동길 445(서울 사무소: 서울특별시 동작구 서달로 161-1 3층)
전화 02.821.5055 | 팩스 02.821.5057 | 홈페이지 www.bookasia.org
ISBN 979-11-5662-173-7(set) | 979-11-5662-507-0 (04810)

값은 뒤표지에 있습니다.

K-Fiction Special
Love in Sa Pa

Written by Bang Hyeon-seok | Translated by Sunnie Chae
Published by ASIA Publishers | 161-1, Seodal-ro, Dongjak-gu, Seoul, Korea
Homepage Address www.bookasia.org | Tel. (822).821.5055 | Fax. (822).821.5057
First published in Korea by ASIA Publishers 2020
ISBN 979-11-5662-173-7(set) | 979-11-5662-507-0 (04810)